BESTSELLERWORLDBOOK 34

싯달타

헤르만 헤세 지음 | 유혜경 옮김

소담출판사

유혜경

1960년생. 성심여자대학교 경영학과 졸업. 스페인 마드리드 국립언어학교 스페인어과 수료. 영국 옥스퍼드 Godmer House 영어 연수. 한국외국어대학교 동시통역대학원 졸업. 역서로 『내 일생의 단 한번』, 『사랑의 충동』, 『아침 7시, 그 남자의 불행』, 『위대한 이혼』 등이 있다.

BESTSELLER WORLDBOOK 34

싯달타

펴낸날 | 1993년 1월 21일 초판 1쇄
        1996년 1월 20일 중판 1쇄
        2012년 8월 30일 중판 23쇄
지은이 | 헤르만 헤세
옮긴이 | 유혜경
펴낸이 | 이태권
펴낸곳 | (주)태일소담
        서울시 성북구 성북동 178-2 (우)136-020
        전화 | 745-8566~7   팩스 | 747-3238
        e-mail | sodam@dreamsodam.co.kr
        등록번호 | 제2-42호(1979년 11월 14일)
        홈페이지 | www.dreamsodam.co.kr

ISBN 89-7381-034-0 00850

- 책값은 뒤표지에 있습니다.
- 잘못된 책은 구입하신 곳에서 교환해드립니다.

BESTSELLERWORLDBOOK 34

Siddhartha

Hermann Hesse

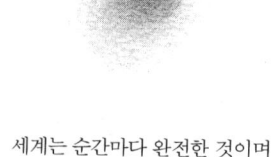

세계는 순간마다 완전한 것이며
모든 죄는 이미 그 안에 은총을 지니고 있네.
모든 어린애 속에는 이미 백발 노인이,
모든 젖먹이 속에는 이미 죽음이,
모든 죽어 가는 존재 속에는 이미 영생이 깃들어져 있는 것이지.

Siddhartha

차례

제1부
브라만(婆羅門)의 아들 12page
사문들 곁에서 26page
고오타마 41page
각성(覺醒) 56page

제2부
카마라 64page
소인들 곁에서 85page
삼사라[輪廻] 99page
강변에서 112page
뱃사공 129page
아들 149page
옴(唵) 164page
고오빈다 175page

작가와 작품 해설 193page
작가 연보 201page

경애하는 친구 로망 롤랑

1914년부터 간직해 온 소망입니다.
나에게 파고든 정신의 질식 상태를 문득 절감하게
되었던 그해 가을, 우리는 민족을 초월한 하나의 믿음
가운데 낯선 언덕에 서서 손을 마주 잡았었지요.
그 이후로 나는 당신께 내 사랑의 표지를, 아울러
내 행위의 실증을, 즉 내 사유(思惟)의 세계를 응시하는
한 줄기 시선을 전하리라는 소망을 간직해 왔었습니다.
미처 완성되지 못한 이 인도(印度)의 시 제1부를
당신께 바치오니 삼가 받아 주십시오.

헤르만 헤세

제1부

브라만(婆羅門)*의 아들

　브라만의 훌륭한 아들 싯달타는 젊은 매처럼, 자기 집 근처에서, 작은 배가 떠 있는 양지바른 강언덕에서, 사과나무 숲에서, 무화과나무 그늘에서 역시 브라만의 아들인 친구 고오빈다와 함께 자랐다. 그리하여 목욕을 할 때, 세례를 받고자 몸을 씻을 때, 신성한 제사를 지낼 때면 강언덕에 비치는 태양이 그의 빛나는 어깨를 검게 태웠고

---

* 브라만(Brahman) ; '바라문'이라고 해석한다. 인도에는 다음의 네 계급이 있는데 그 중 최고의 계급이다. 브라만(승려 계급), 크샤트리아(왕족), 바이샤(평민), 수드라(노예). 또한 브라만은 바라문교의 전권(專權)을 장악하여 임금보다 상위에 있으며 신의 후예임을 자칭하고 정권을 배심한다. 그들의 생활은 네 가지 기간으로 나누어진다.
1. 스승 밑에서 베다를 배우는 시기(梵行期)
2. 장년에 결혼하여 가정 생활을 하는 시기(家住)
3. 노년에 산 속에 들어가서 수도하는 시기(林據)
4. 수도 후 다시 세상에 나와 편력하는 시기(遊行)

브라만의 또 다른 의미로, 우주를 지배하고 있는 지고의 신이란 뜻도 있다. 원래의 언어로는 '기도자', '말씀'을 의미했다고 한다.

망고나무 숲 속에서 어린애들처럼 장난을 칠 때, 어머니의 노래를 들을 때, 성스러운 제물을 바칠 때, 학자인 부친의 가르침을 들을 때, 현자(賢者)들의 담화에 어울릴 때면 그늘[影]이 그의 검은 눈동자에 흘러들었다. 어느덧 싯달타는 현자들의 담화에 끼어 들었으며, 고오빈다와 더불어 논전을 익혔고, 관찰과 명상의 방법을 익혔다. 어느덧 싯달타는 언어 중의 언어, 옴*을 소리 없이 말할 줄 알게 되어, 호흡과 더불어 그 말을 통일된 혼(魂)으로 소리 없이 들이쉬며 내쉬었다. 그의 이마는 명철하게 사고하는 정신의 광채로 에워싸여 있었다. 어느덧 그는 자신의 본성 내부에서 불멸하는 아트만**을, 대우주와 일체가 되는 존재를 깨달았던 것이다.

이렇듯 슬기롭고 지식을 갈망하는 아들에 대해 아버지는 무한한 기쁨을 마음속 깊이 느꼈다. 이 아들 안에서 위대한 현자(賢者)요 승려, 즉 브라만의 왕자가 자라고 있음을 보았다.

그의 어머니의 가슴에도 역시 성큼성큼 걷는 아들, 앉아 있거나

---

* 옴(Om) ; '옴(唵)' 으로 쓰이며 주문의 첫머리에 놓는 비밀스런 말을 뜻한다. 흔히 우파니샤드의 각 장마다 처음에 썼다. 본래는 A(아)+U(우)+M(ㅁ)이 모여서 된 말인데, A는 물질계 존재 안의 우주적 인격의 신, U는 정신계 안의 우주적 인격의 신을 말했고, 이 A와 U는 꿈 안에 있으니 깨어 있어도 잠들어 있는 것과 같이, 꿈 없는 깊은 잠 안에서의 우주적 개체의 인격으로 대표된다. 이 옴이란 일체 소리의 근본, 본질, 귀결을 뜻하므로 만법이 이 하나의 글자에 귀속된다고 해석된다. 또한 이 말은 본래 신에게 기원할 때 감탄사로 쓰이던 것이 시대의 변천과 함께 신비한 설명이 붙은 것이라고도 전해진다.
** 아트만(Atman) ; 우주적·창조적·중성적 원리인 브라만에 대하여 인격적·개인적 원리로서 아트만을 든다. 아트만은 우파니샤드 철학의 중심 개념으로서, 아트만이 브라만과 동일하다고 인식함으로써 아트만이 개체적 존재에서 우주적·총체적인 존재로 합일되어 이 세상의 모든 현상적 고통을 벗어난 무고(無苦), 안온의 경지에 살 수 있다고 말한다. 번역할 때는 보통 아(我), 또는 진아(眞我)라고 해석되지만 보통 사용하는 의미의 아(我)가 아니라, 힌두교 삼위신(三位神)의 하나인 창조의 신이다. 브라만의 의욕에 힘입어 표현된 것으로 아트만 자체가 브라만이라고도 일컬어진다.

서 있는 아들, 힘차고 아름다운 아들, 튼튼한 두 다리로 걸어가는 아들, 예의바른 태도로 인사하는 아들 싯달타를 볼 때 무한한 기쁨이 솟구쳐 올랐다. 빛나는 이마, 왕자다운 눈, 가느다란 허리로 싯달타가 거리를 거닐면, 브라만의 젊은 딸들의 가슴에는 사랑이 싹터 올랐다.

그러나 그들 누구보다도 싯달타를 사랑한 사람은 브라만의 아들이며 그의 친구인 고오빈다였다. 그는 싯달타의 눈과 아름다운 목소리를 사랑하였다. 그는 싯달타의 걸음걸이와 우아한 동작을 사랑하였다. 그는 싯달타가 말하고 행동하는 모든 것을 사랑했다. 그리고 무엇보다도 싯달타의 정신, 그의 고결하고 불길 같은 사랑과 뜨거운 의지(意志), 고귀한 소명감 등을 사랑하였다. 고오빈다는 잘 알고 있었다. 싯달타는 결코 한 평범한 브라만으로 그치지는 않으리라는 것을. 즉 부패한 제관(祭官), 주문을 외는 탐욕스런 장사꾼, 허영에 차고 실속없는 설교사나 교활하고 간악한 승려, 또는 수없이 많은 양 떼 중에 쉰 어리석고 선량한 한 마리 양에 그치지는 않으리라는 것을. 아니, 실상 고오빈다 역시 흔해빠진 그런 브라만의 한 사람이 되고 싶지는 않았다. 그는 사랑하는 친구, 훌륭한 친구 싯달타를 따르고자 하였다. 그리하여 언젠가 싯달타가 성불하는 날, 언젠가 싯달타가 광휘의 나라로 입멸하는 날, 고오빈다 역시 그의 친구로서, 동반자로서, 종자(從者)로서, 창(槍)을 드는 시중으로서, 그림자로서, 싯달타를 따르고자 하였다.

이렇듯 모든 사람들은 싯달타를 사랑하였다. 그는 모든 사람에게 기쁨을 안겨 주었고, 모든 사람에게 즐거움이 되어 주었다. 하지만 정작 싯달타 자신은 아무런 기쁨을 느끼지 못했고, 즐거움도 누리지 못했다. 무화과나무 정원의 장밋빛 길을 거닐 때, 명상(瞑想)의 푸른 숲 그늘에 잠겨 있을 때, 매일매일 속죄의 손발을 씻을 때, 무성하게 그늘진 망고나무 숲에서 제사를 올릴 때, 싯달타는 그 빈틈없이 예의 바른 몸가짐으로 모든 사람의 사랑을 차지했고 모든 사람의 기쁨이 되었다. 하지만 싯달타 자신의 가슴속에는 아무런 기쁨도 없었다. 꿈[夢想]이, 끊임없는 사념(思念)이 그를 향해 강물에서부터 흘러나왔고, 밤에 뜨는 별에서부터 반짝였고, 햇빛에서부터 녹아 나왔다. 꿈이, 영혼의 불안이 그를 향해 제단의 향불에서부터 피어올랐고, 《리그베다》* 시구에서부터 뿜어져 나왔으며, 연로한 브라만의 가르침에서부터 방울져 내렸다.

싯달타의 마음속에서는 불만이 자라기 시작했다. 아버지의 사랑도, 어머니의 사랑도, 그의 친구 고오빈다의 사랑조차도 항상, 그리고 영원히 그에게 행복을 주지 못하리라는 것과 만족을 주지 못하리라는 것을 그는 깨닫기 시작했다. 존경하는 아버지와 스승들은, 즉 지혜로운 브라만의 승려들은 이미 그들이 지닌 지혜 중에서 가장 좋

---

* 리그베다 ; 책 이름. 이구페타(梨俱吠陀)라고 쓴다. Rig-Veda, Sama-Veda, Yajur-Veda, Atharva-Veda, 이렇게 네 가지 베다 중 하나이다. 《리그베다》에는 자연계의 구성 요소나 그 형상을 신격화하여 그들을 찬양하는 노래가 약 1천 17개나 실려 있다. 인도 최초의 종교로서 기원전 1000년에 이미 성립된 리그베다 종교의 주된 경전이다.

은 것을 거의 다 그에게 전해 주었다. 그들은 그들의 지식의 전부를 이미 자신이 고대하며 들고 있는 그릇에 쏟아 부었지만 자신의 그릇은 여전히 채워지지 않았다. 정신은 미흡하고 영혼은 불안정하며 마음은 평온하지 못하였다. 성욕(聖浴)이란 좋은 것이었다. 하지만 몸을 씻어 주는 것일 뿐, 죄를 씻어 내지는 못하였다. 정신의 갈증을 낮게 하지도 못했고, 마음의 불안을 풀어 주지도 못했다.

신께 제물을 드리며 기도하는 일은 물론 훌륭한 일이었다. 하지만 이것이 전부란 말인가? 과연 제물이 행복을 가져다 주었는가? 그리고 그것이 신과 무슨 관계가 있었는가? 세계를 창조했다는 프라야파티*는 정말 존재했을까? 그는 홀로 존재하는 유일자(唯一者) 아트만이 아니었을까? 혹시 신들도 우리들과 마찬가지로 피조물에 불과하며, 시간의 지배를 받는 무상한 형성물이 아닐까? 그렇다면 신을 섬긴다는 것이 과연 선하고 올바르며, 의미 깊고 가장 높은 행위인가? 그럼 다른 누구를 섬긴단 말인가? 그를, 유일자인 아트만 이외에 다른 누구를 숭배한단 말인가? 그리고 각자가 지닌 자아의 속, 우리들의 내부, 영원 불멸한 마음속이 아닌 다른 어디서 아트만을 찾아내야 하는가? 아트만은 그곳이 아닌 다른 어디에 안주하며, 그 영원한 가슴이 고동치는 곳은 어디인가? 그러면 이 가장 대표적인 것, 궁극적인 자아는 어디에 있는 것일까? 그것은 살도 아니요, 뼈도 아니다. 그것은

---

* 프라야파티(Prajapati) ; 만물을 창조하고 지배하는 최고신(最高神).

사고도 의식도 아니었다. 현자들은 그렇게 가르쳤다.

그렇다면 대체 그것은 어디에 있는 것인가? 그 자아로, 즉 나에게로, 아트만에게로 이르는 데는 다른 어떤 길이 있는 것이 아닐까? 그 길을 찾는 것이 값진 일이 아닐까? 아아, 그러나 어느 누구도 이 길을 제시해 주지 않으며, 아무도 이 길을 알지 못했다. 아버지도, 현자인 스승들도, 심지어 성스러운 제식의 찬가도 마찬가지였다. 브라만들과 그들의 성스러운 경전은 모든 것을 알고 있었다. 그들은 모든 것을 알며, 모든 것에 대해 더할 나위 없이 마음을 쓰고 있었다. 세계의 창조와 언어의 생성, 음식과 호흡의 발생, 감각의 체계와 신들의 행적 등 무한히 많은 것을 그들은 알고 있었다. 하지만 이 모든 것을 안다 한들 가장 중요한 자, 단 하나 중요한 자인 유일자를 모를진대, 그것이 과연 무슨 가치가 있단 말인가?

물론 그 많은 경전들, 특히 《사마베다》*의 《우파니샤드》**에 있는 훌륭한 시구들은 이 가장 깊은 궁극적인 진리에 대해 분명히 말하고 있었다. '너의 정신은 바로 전세계이니라' 고 거기에 쓰여 있었고, 인간은 잠잘 때, 깊은 잠에 빠졌을 때 자신의 가장 깊은 심부에까지 침

---

* 사마베다(Sama-Veda) ; 네 개의 베다 중 하나로서 일정한 곡조에 맞추어 부르는 노래집. 가송 1천 8백 10장 중에서 이 책 특유의 것은 80장뿐이고 다른 것은 《리그베다》의 가송을 고쳐 지은 것이다.
** 우파니샤드(Upanisad) ; 이 말의 원뜻은 '좀더 가까이 앉는다' 는 것으로 좀더 깊은 진리를 말하는 책이라는 의미이다. 붓다가 나기 이전부터 기원후 200년 사이에 차례로 만들어졌으리라 생각되는 1백여 개의 철학서를 총칭하여 우파니샤드라 부른다. 우파니샤드의 사상에는 브라만과 아트만이 같다는 동일설, 유론(有論), 아트만론(論) 등이 있다. 우파니샤드의 대체적 사상은 우주적 신, 브라만과 개인적 아트만이 합일될 때 진정한 낙을 얻을 수 있다 하여 보통 범아일여사상(梵我一如思想)이라 통한다.

싯달타 17

잠할 수 있으며 따라서 아트만 안에 안주할 수 있다고 쓰여 있었다. 놀랄 만한 지혜가 이 구절 안에는 담겨 있었다. 현자들의 모든 지식이, 마치 벌들이 모아 둔 꿀처럼 순수하게 마술적인 언어로 얽혀져 있다. 과연 지혜로운 브라만 일족이 수많은 세대를 이어 오면서 모으고 보존해 온 깨달음의 엄청난 가치란 결코 무시할 수 없는 것이었다. 하지만 이 심오한 지식을 단순히 깨닫는 데 그치지 않고, 실생활에서 체험하는 데 성공한 브라만은 어디에 있는가? 그런 승려들, 그러한 현자나 참회자는 어디에 있는가? 아트만을 고향으로 하여 거기에 안주하면서 잠으로부터 일깨워 살아 있는 동작으로, 언행으로 구현시킨 달인들은 어디에 있는가? 싯달타는 존경할 만한 수많은 브라만을 알고 있었다. 고결한 학자이며, 더할 수 없이 존경할 만한 자신의 아버지를 누구보다도 잘 알고 있었다. 그의 아버지는 감탄할 만한 인물이었다. 행동은 거의 조용하고 품위 있었으며, 그의 생활은 청렴하였고, 그의 말씀은 지혜로웠으며, 그의 머리 속에는 깊고 고귀한 사상이 깃들어 있었다. 하지만 그토록 훌륭한 학식을 지니고 있는 아버지는 과연 열락(悅樂) 속에서 살고 있는가? 평화 속에서 살고 있는가? 그 역시 한 사람의 구도자이며, 갈구하는 자에 불과하지 않은가? 아버지는 필시 한낱 목마른 자로서, 제식(祭式)에서, 성전에서, 브라만 승려 간의 대화에서 성스러운 샘물을 갈급한 것이 아니었을까? 아니라면 비난받을 것이 아무것도 없는 아버지가 왜 매일처럼 죄를 씻어 내지 않으면 안 되는 것인가? 왜 매일처럼 거듭해서 새로이 정죄

(淨罪)를 하고자 애쓰지 않으면 안 되는가? 어쩌면 그의 내부에는 아트만이 없는 게 아닐까? 그 자신의 마음속에는 우리들이 찾아내야 할 샘의 원천이 흐르지 않는 게 아닐까? 자아 속에 흐르는 원천을 우리는 자기의 것으로 만들어야 하는 것이다! 그 밖의 모든 것은 헛된 도구요, 우회(迂廻)요, 방황일 뿐이었다.

싯달타가 생각한 것은 그런 것들이었다. 이것이 그의 갈증이요, 그의 고뇌(苦惱)였다. 때때로 싯달타는 찬도그야 우파니샤드*의 구절들을 읊조렸다.

「실로 범천(梵天)의 이름은 진리로다. 진실로 그것을 아는 자는 나날이 하늘나라로 들어가리라.」

때때로 하늘나라는 아주 가까이 있는 듯이 보였다. 하지만 그는 한번도 그곳에 이르지는 못하였다. 그 궁극의 갈증을 완전히 제거하지 못하였다. 뿐만 아니라 그가 알고 있는 현자들, 그 자신이 가르침을 받은 모든 현자 중의 현자 가운데서도, 이 하늘나라에 이르러 영원한 갈증을 완전히 풀었다는 사람은 아무도 없었다.

싯달타는 그의 친구에게 말했다.

「고오빈다, 사랑하는 고오빈다, 나와 같이 바니아넨 나무 밑으로 가서 묵상을 하자.」

그들은 바니아넨 나무 밑으로 가서 정좌하였다. 여기에는 싯달타

---

* 우파니샤드(Chandogya-Upanisad) ; 1백여 개의 우파니샤드 사상 중에서 중요하게 손꼽히는 13가지 사상 중의 하나.

가, 스무 발자국 떨어진 곳에는 고오빈다가 자리를 잡았다. 그들은 옴을 부르려고 꿇어앉으며 입 속으로 이런 시구를 거듭 읊조렸다.

옴은 활이요, 영혼은 화살이로다.
범(梵)은 우리가 필연코 맞춰야 할 화살의 과녁이니라.

일정한 시간이 지나자 고오빈다는 몸을 일으켰다. 어느새 저녁 시간이 되었다. 몸을 깨끗이 씻고 저녁을 맞이할 시간이다. 그는 싯달타의 이름을 불렀으나 대답이 없었다. 싯달타는 여전히 명상에 잠겨 있었다. 그의 두 눈은 아득히 먼 한 점을 응시하고 있었고, 혀끝은 이 사이로 약간 드러나 보였다. 싯달타는 마치 호흡을 하고 있지 않는 듯한 모습이었다. 이렇듯 싯달타는 명상에 잠겨 옴을 생각하였고, 화살인 양 자신의 영혼은 과녁인 범(梵)을 향하고 있었다.

어느 날 사문도(沙門徒)*들이 싯달타가 살고 있는 거리를 지나가게 되었다. 그들은 순례하는 고행자, 바싹 마르고 초췌한 세 명의 남자들이었다. 그리 늙지도 젊지도 않고 먼지와 피투성이의 어깨를 하고, 거의 헐벗은 채, 햇볕에 그을리고 고독에 휩싸여 있었다. 그들은 세상 사람들로부터 배척받는, 말하자면 인간 세계 안에서는 이방인이요, 앙상한 이리 떼들이었다. 그러나 그들의 등뒤에서는 소리 없는

---

* 사문도(Samana) ; 머리를 깎고 불문에 들어 도를 닦는 사람.

정열의 숨결이, 뼈를 깎는 봉사와 가차없는 자기 희생의 숨결이 뜨겁게 풍겨져 나왔다.

그날 저녁, 명상의 시간이 지난 뒤 싯달타는 고오빈다에게 말하였다.

「친구여, 나는 내일 아침 일찍 사문들에게로 가려 하네. 나는 사문이 될 것일세.」

이 말을 들은 고오빈다의 얼굴이 창백하게 핏기를 잃었다. 친구의 의연한 얼굴에서 시위를 떠난 화살처럼 되돌릴 수 없는 결심을 읽었기 때문이다. 곧, 첫눈에 고오빈다는 깨달았던 것이다. 이것이야말로 일의 시작이고, 이제 싯달타는 자신의 길을 걸어갈 것이며, 그의 운명은 움트기 시작한다는 것을. 또한 그의 운명과 더불어 고오빈다 자신의 운명도 움트기 시작한다는 것을 깨달았다. 고오빈다의 얼굴이 바나나 껍질처럼 창백해졌다.

그는 소리쳤다.

「오오 싯달타, 너의 아버님이 그것을 허락하실까?」

싯달타는 각성자(覺醒者)의 모습으로 고오빈다 쪽을 바라보았다. 그는 번개처럼 고오빈다의 영혼을 꿰뚫어 읽었다. 그의 불안한 마음과 의존하려는 마음을 읽은 것이다.

「오오, 고오빈다.」

그는 나지막이 말했다.

「우리 쓸데없는 말로 시간을 낭비하지 말기로 하세. 내일 아침 동이 트는 대로 나는 사문의 생활을 시작할 것이네. 더 이상 그 얘기는 하지 마세.」

싯달타는 아버지의 방안으로 들어섰다. 아버지는 돗자리 위에 앉아 계셨다. 싯달타는 아버지의 등뒤로 다가서서 아버지가 인기척을 느낄 때까지 조용히 서 있었다. 브라만인 아버지가 말했다.

「싯달타가 아니냐? 무엇 때문에 왔는지 어서 말해 보아라.」

싯달타는 대답했다.

「용서하십시오, 아버님. 소자는 내일 아버님 곁을 떠나 고행자들한테로 가고 싶다는 말씀을 드리러 왔습니다. 한 사문이 되는 것, 그것이 저의 소원입니다. 소자의 이 소망을 꺾지 마시기를 바랍니다.」

브라만 승려인 아버지는 입을 열지 않았다. 작은 창에 별들이 떠올라 그 위치와 모습이 변할 때까지 침묵은 계속되었다. 그토록 오랫동안 방안의 침묵은 깨지지 않았다. 아들은 두 손을 맞잡은 채 꼼짝 않고 서 있었고, 아버지 역시 말없이 부동자세로 돗자리 위에 앉아 있었다. 별들이 하늘에서 흐르고 있었다. 마침내 아버지가 입을 열었다.

「성급하고 격분한 어투로 말한다는 것은 브라만으로서는 온당하지 못한 일이다. 그러나 마음이 언짢구나. 다시는 그런 소망 따위는 입 밖에 내지 말도록 하거라.」

브라만은 천천히 일어섰으나, 싯달타는 여전히 두 손을 맞잡고 묵묵히 서 있었다.

「너는 무엇을 기다리느냐?」

아버지가 물었다.

「아버님은 알고 계십니다.」

싯달타는 대답했다.

아버지는 언짢은 마음으로 방을 나서서 잠자리에 들었다. 한 시간이 지나도록 잠이 오지 않자, 브라만은 자리에서 일어나 서성대다가 집 밖으로 걸어 나왔다. 아버지는 조그만 창을 통하여 방안에서 여전히 두 손을 맞잡은 채 꼼짝 않고 서 있는 싯달타를 보았다. 싯달타가 입고 있는 엷은 웃저고리가 창백하게 빛나고 있었다. 아버지는 불안한 마음으로 잠자리로 되돌아왔다.

다시 한 시간이 지났다. 그래도 잠이 오지 않자, 브라만은 다시금 몸을 일으켜 서성대다가 집 밖으로 나와 중천에 뜬 달을 바라보았다. 아버지는 방안을 들여다보았다. 그 안에는 싯달타가 여전히 두 손을 맞잡은 채 부동자세로 서 있었다. 그의 드러난 종아리로 달빛이 반사되고 있었다. 가슴에 근심을 안은 채 아버지는 잠자리로 돌아왔다.

그리고 그때부터 한 시간이 지날 때마다 아버지는 매번 다시 나와 작은 창을 통해 들여다보았다. 그리하여 처음에는 달빛 속에, 그리고는 별빛 속에, 그 다음에는 어둠 속에 서 있는 싯달타를 보았다. 그 뒤에도 아버지는 매시간마다 소리 없이 밖으로 나와 방안을 들여다보며, 꼼짝 않고 서 있는 아들을 바라보았다. 처음에 아버지의 가슴은 분노로 가득 찼고, 다음엔 불안으로, 그 다음에는 두려움으로, 마지막에는 슬픔으로 가득 찼다. 아버지는 동이 터오기 전 새벽녘에 다시 가서 싯달타가 서 있는 방안으로 들어섰다. 젊은 아들이 크고 낯설게 보였다.

「싯달타, 너는 무엇을 기다리는 것이냐?」

「아버님께서는 잘 알고 계십니다.」

「언제까지 그렇게 서 있을 작정이냐? 너는 날이 밝도록, 점심때가 되고 저녁이 되도록 그렇게 서서 기다릴 참이냐?」

「이대로 서서 기다릴 것입니다.」

「너는 피로할 것이다, 싯달타.」

「저는 잠들지 않을 것입니다.」

「너는 죽을 것이다, 싯달타.」

「저는 죽을 것입니다.」

「그렇다면 너는 아비의 말을 따르기보다 죽음을 따르겠다는 거냐?」

「싯달타는 항상 아버님 말씀에 복종하여 왔습니다.」

「그러면 너는 네 계획을 포기하겠다는 것이냐?」

「싯달타는 아버님 분부대로 할 작정입니다.」

아침의 첫 햇살이 방안으로 흘러 들어왔다. 브라만은 싯달타의 무릎이 가볍게 떨리는 것을 보았다. 하지만 싯달타의 얼굴에는 아무런 동요도 없었다. 그 시선은 아득한 곳을 응시할 뿐이었다.

그때 아버지는 깨달았다. 싯달타는 이미 자기 곁을 떠나 고향을 등지고 벌써 멀리 가버렸다는 사실을. 아버지는 그것을 깨달은 것이다. 아버지는 싯달타의 어깨에 손을 얹었다.

「너는 이제 숲으로 가서 사문이 되어라.」

아버지가 말하였다.

「숲 속에서 행복을 찾거든 와서 나에게도 가르쳐 다오. 그러나 거기에서 실망하거든 언제든지 다시 돌아오거라. 우리 같이 다시금 신들에게 제사를 올리도록 하자. 그럼 가서 어머니한테 입맞추고 네가 가는 곳을 말씀 드려라. 나는 강으로 가서 아침 목욕을 할 것이다.」

그는 아들의 어깨에서 손을 떼고 밖으로 나갔다. 걸음을 옮기려던 싯달타는 한쪽으로 비틀거렸다. 그는 가까스로 팔다리를 지탱하고 아버지께 몸을 굽혀 예를 드리고 나서 어머니에게로 가 아버지가 말씀하신 대로 했다.

싯달타가 이른 아침 햇살을 받으며 무거운 다리를 이끌고 아직도 고요한 고을을 천천히 떠날 때, 거리의 외딴 오두막 옆에서 웅크리고 있던 그림자 하나가 몸을 일으키더니 새로운 수도자와 합류하였다. 고오빈다였다.

「너도 왔구나.」

싯달타는 말하며 미소 지었다.

「나도 왔다.」

고오빈다가 말했다.

사문들 곁에서

이날 저녁 그들은 고행자들, 깡마른 사문들을 뒤쫓아가 복종을 맹세하고 그들과 행동을 함께하게 해 달라고 간청했다.

싯달타는 길가에서 만난 어느 가난한 브라만에게 자기의 옷을 주어 버렸다. 그는 아랫도리만 가리고 몸을 감는 갈색 헝겊자락을 걸치고 있을 뿐이었다. 그는 하루에 한 끼 식사를 하였는데, 그것도 생식이었다. 그는 보름간 단식을 했다. 그는 한달간 단식을 했다. 그의 허벅지와 뺨에서는 살[肉]이 빠져 나갔고 한층 커다래진 두 눈에서는 뜨거운 꿈이 불타 올랐다. 앙상한 손가락에서는 손톱이 길게 자랐고, 턱에는 까실까실한 수염이 더부룩하게 자랐다. 여자들과 부딪쳐도 그의 눈초리는 얼음처럼 차가웠고, 호화롭게 치장한 사람들에 뒤섞여 도시를 지나갈 때면, 그의 입가에는 경멸의 빛이 번졌다. 그는 장사하는 상인들을 보았고, 사냥 가는 귀족들을 보았으며, 죽은 자를 애통해 하는 상제들을 보았다. 몸을 파는 창부들, 환자 때문에 애쓰는 의사들, 파종의 날을 맞추는 승려들을 보았으며 사랑하는 연인들과 아이에게 젖을 주는 어머니들을 보았다. 그렇지만 이 모든 것이 그의 시선이 머무를 가치가 없는 것들이었다. 모든 것이 거짓이었다. 모든 것이 썩은 냄새를 풍겼다. 거짓의 냄새가 나는 것이었다. 모든 것이 마치 의미 있고 행복하며 아름다운 것처럼 보였지만, 언젠가는 썩어 없어질 것이었다. 세상은 쓴맛이었고, 인생은 번뇌였다.

싯달타 앞에 하나의 목표가, 단 하나의 목표가 세워졌다. 그것은 해탈(解脫)하는 것이었다. 갈증으로부터, 욕망으로부터, 꿈으로부터, 기쁨과 슬픔으로부터 벗어나는 해탈이었다. 자기 자신을 죽이는 것, 자아를 벗어나는 것, 텅 빈 마음에서 안식을 찾는 것, 자아를 벗어난 사유(思惟) 가운데서 우주의 경이에 겸허하게 맞서는 것, 그것이 그의 목표였다. 자아 일체가 극복되고 소멸되었을 때, 가슴속에 깃든 욕구와 충동이 침묵할 때, 비로소 가장 궁극의 것이 깨어날 것이다. 그것은 자아가 아닌 본질 속의 가장 심오한 것이며 위대한 비밀이다.

내리쬐는 햇볕을 받으며 싯달타는 묵묵히 서 있었다. 견딜 수 없는 고통, 타는 듯한 갈증을 견디면서, 고통도 갈증도 더 이상 느낄 수 없게 될 때까지 서 있었다. 그는 비가 내리치는 가운데서도 묵묵히 서 있었다. 빗방울이 머리카락에서부터 흘러내려 얼어붙은 어깨, 시린 허리와 다리를 적셨다. 그런데도 이 참회자는 어깨와 다리의 차가운 감각이 없어질 때까지, 그것들이 고통의 소리를 멈추고 침묵할 때까지 그대로 서 있었다. 그는 묵묵히 가시덤불 속에서 웅크리고 있었다. 화끈거리는 피부에서는 선혈이 흐르고 상처에서는 고름이 흘렀다. 그런데도 싯달타는 더 이상 피가 흐르지 않을 때까지, 더 이상 찌르지도 쑤시지도 않을 때까지, 굳어버린 듯 꼼짝 않고 앉아 있었다.

싯달타는 똑바로 앉아 호흡을 조절하는 법을 배웠다. 얕은 호흡으로 견뎌 내는 법을, 호흡을 멈추는 법을 배웠다. 그는 호흡과 더불어 자신의 심장 고동을 더디게 하는 법을 배웠고, 심장의 고동수를 점점 작게 하여 마침내는 거의 심장의 고동이 느껴지지 않게 하는 방법을 배웠다.

싯달타는 사문도 중 가장 연장자에게서 가르침을 받아 새로운 사문의 규칙을 따라 자아를 이탈, 명상의 수련을 행하였다. 해오라기 한 마리가 대나무숲 위를 날아갔다. 그러면 싯달타는 그 새를 자신의 영혼 안에 흡수하여 숲과 산 위를 날아 올랐다. 그는 한 마리의 해오라기가 되어 물고기를 잡아먹고, 해오라기의 배고픔을 느끼며, 해오라기처럼 지저귀었고, 해오라기의 죽음을 겪었다. 죽은 이리 한 마리가 모래 언덕에 누워 있었다. 싯달타의 영혼은 그 시체 속으로 흘러 들어, 스스로 죽은 이리가 되어 해변에 쓰러져 누워 부풀고 썩어 악취를 뿜어냈다. 시체를 먹는 산돼지에게 먹히고 독수리에게 뜯겼으며 마침내는 해골이 되고 먼지가 되어 들판에 흩날렸다. 이윽고 싯달타의 영혼은 다시 돌아왔다. 죽어서 썩어 가루가 되는 윤회의 맛을 보았다. 그는 마치 사냥꾼처럼 새로운 기대감에 차서, 이 윤회의 바퀴에서 빠져 나올 수 있을 지점, 인과율(因果律)이 종식을 고하고 고뇌없는 영원이 시작되는 틈서리를 겨누어 기다려 보았다.

그는 자신의 감각을 죽이고 추억을 죽였다. 그는 자신의 자아에서 도망쳐 나와 수천의 낯선 형체 속으로 미끄러져 들어갔다. 그는 짐승이 되었고, 썩은 고기가 되었으며, 돌도 되었고, 나무도 되었고, 물도 되었다. 그리고 그때마다 다시 잠에서 깨어나 자신에게로 되돌아왔다. 태양이 뜨고 달이 비쳤다. 그는 다시금 자기 자신이었다. 윤회 속을 돌고 갈증을 느꼈다. 그리고 이 갈증을 이겨내고 나면 새로운 갈증이 느껴졌다.

싯달타는 사문들 곁에서 많은 것을 배웠다. 자아로부터 벗어나는 많은 길을 배워 걸었다. 그는 고통을 통하여 해탈하는 길을 걸었고, 고통과 허기와 갈증과 피로감을 자진해서 겪고 극복함으로써 자아를 이탈하는 길을 걸었다. 그는 명상을 함으로써, 일체의 사물에 대한 감각을 비워 버림으로써 얻어지는 해탈의 길을 걸었다. 그는 이런저런 여러 길을 걷는 것을 배워 수천 번 자아를 버렸다. 몇 시간이고 며칠이고 그는 무아(無我)의 경지에 머물러 있었다. 하지만 아무리 자아를 떠나 멀고 먼 곳으로 통할지라도 결국 자아에게로 되돌아오기 마련이었다. 싯달타가 아무리 수천 번을 자아에게서 도망쳐 무(無) 속에 살고, 동물 속에, 돌 속에 머무른다 할지라도, 자아로 되돌아오는 것은 피할 수 없는 일이었다. 태양빛 속에서, 달빛 속에서, 그늘 안에서, 비가 오는 가운데에서 되돌아오는 순간은 피할 수가 없었다. 그리하여 다시금 개체인 싯달타로 되돌아와 피할 길 없는 윤회(輪廻)의 고통을 느끼게 되는 것이다.

그의 곁에는 언제나 그의 그림자 고오빈다가 함께 있었다. 고오빈다도 같은 길을 걸으며 같은 수업의 고통에 몸을 맡겼다. 그들은 봉사와 수도(修道)의 과정에 필요한 이야기를 제외하고는 별로 말을 하지 않았다. 간혹 그들은 자신들과 스승들의 양식을 얻기 위하여 둘이서 마을을 돌 때가 있었다.

「고오빈다, 너는 어떻게 생각하느냐?」

어느 날 탁발 길에서 싯달타가 말을 걸었다.

「어떻게 생각하느냐? 우리는 과연 먼 길을 온 것일까? 우리는 목표에 도달한 셈일까?」

고오빈다가 대답하였다.

「우리는 많이 배웠고, 그리고 계속 배울 것이다. 너는 위대한 사문이 될 것이다, 싯달. 너는 빠른 속도로 모든 수련을 익혔다. 그래서 연로한 사문들께서도 너를 보고 여러 차례 감탄하셨지. 오, 싯달타, 너는 성자가 될 것이다.」

싯달타는 말하였다.

「나는 그렇게 생각하지 않는다, 친구여. 지금까지 사문들 곁에서 배운 것은 실상 좀더 빨리, 좀더 쉽게 배울 수도 있었을 것이다. 고오빈다, 창기들이 있는 아무 술집에서나 혹은 노동자들과 도박꾼들과 어울렸다 하더라도, 나는 그것을 배울 수 있었을 것이다.」

고오빈다가 말했다.

「싯달타, 나를 보고 농담을 하는 건가? 그런 비참한 사람들 곁에서 어떻게 명상을 배울 수 있단 말인가? 어떻게 호흡을 정지하는 법과 배고픔과 고통에 무감각해지는 법을 배울 수 있었으리라고 말하는가?」

그러자 싯달타는 마치 혼잣말이라도 하듯 나지막하게 말했다.

「명상이란 무엇인가? 육체를 버리는 것은 무엇인가? 단식이나 호흡조절은 또한 무엇인가? 그것은 자아로부터의 도피이다. 그것은 자아의 번뇌로부터 순간적으로 이탈하는 것일 뿐이다. 그것은 생의 무상(無常)과 번뇌를 잊으려는 일시적인 마취에 지나지 않는 것이다. 술집에서 몇 잔의 술을 마시는 소몰이꾼들도 터득할 수 있다. 그런 순간에는 그도 자아를 넘어서는 것이다. 또한 삶의 고통을 잊고 생의 번뇌를 잊으며 일시적인 마취에 빠지는 것이다. 술잔 위에서 그는 이 싯달타와 고오빈다가 오랜 수도를 거치며 육신을 벗어나 무아(無我)에 잠기는 것과 같은 경지를 발견하는 것이다. 바로 그런 것이다, 고오빈다.」

고오빈다는 말하였다.

「오, 친구여. 너는 그렇게 말하고 있지만 싯달타, 너는 소몰이꾼이 아니고, 사문은 결코 술주정뱅이가 아니라는 것을 잘 알고 있다. 물론 술주정뱅이는 몽롱하게 취해 일시적인 도피와 휴식을 맛볼지 모르지만, 결국 그는 미몽에서 깨어나게 마련이고 모든 것이 옛날 그대로임을 발견하는 것이다. 그는 전보다 더 지혜로워지지 않았고, 지식을 쌓지도, 더 높은 단계에 올라서지도 못한 것이다.」

그러자 싯달타는 미소 지으며 말했다.

「나는 모른다. 나는 지금껏 술꾼이 되어 본 적이 없으니까. 그렇지만 나는 고행과 명상을 통해 단지 일시적인 마취를 맛보았을 뿐이라는 것, 도통(道通)이나 구제와 거리가 멀기는 태내(胎內)에 있는 어린아이와 다를 바가 없다는 것을 알 뿐이다. 그것을 나는 알고 있다.」

그리고 다시금 싯달타가 고오빈다와 함께 동료 사문들과 스승이 먹을 것을 얻기 위해 숲을 떠나게 된 어느 날, 싯달타가 말했다.

「오, 고오빈다. 어떻게 생각하나? 우리는 지금 올바른 길을 걷고 있는 것일까? 우리는 과연 도(道)를 인식하는 경지에 가까워지고 있는 것일까? 우리는 구원에 접근하고 있는 것일까? 아니, 혹시 쳇바퀴 돌듯 맴돌고 있는 것이 아닐까? 어찌 되었든 윤회 속에서 빠져 나오겠다고 염원해 온 우리들이 말일세.」

고오빈다가 말했다.

「싯달타, 우리는 많은 것을 배웠고 그리고 아직도 배울 것이 많이 남아 있다. 우리는 윤회 속을 맴돌고 있는 것이 아니고 높은 곳을 향하여 올라가는 것이다. 바퀴는 일종의 나선형이어서 우리는 이미 많은 단계를 올라선 것일세.」

싯달타는 대답하였다.

「우리의 존경하는 스승, 가장 연로하신 사문의 연기(年紀)가 얼마나 되셨으리라고 생각하나?」

고오빈다가 말하였다.

「우리의 노사문께서는 아마 육십 세는 되셨을 것이네.」

그러자 싯달타가 말하였다.

「그분은 육십 세가 되셨는데도 여전히 열반에 이르지 못하였다. 그분은 앞으로 칠십 세가 되고 팔십 세가 될 것이다. 그리고 결국은 우리도 그와 똑같이 늙어 가면서 수련을 하고 금식하며 명상을 할 것이다. 그렇지만 우리도 열반에 이르지는 못할 것이다. 스승도, 우리도 마찬가지일 것이다. 오, 고오빈다, 이 세상에 살고 있는 어느 사문도 열반에 이르는 사람은 없으리라 확신하네. 우리는 위안을 얻을 뿐이며, 도취를 얻을 수 있고, 우리 스스로를 속이는 기교를 터득할 뿐이다. 그렇지만 본질적인 것을, 길 중의 길을 발견하지 못할 것이다.」

고오빈다가 말하였다.

「그렇게 두려운 말은 그만두게나. 싯달타! 그토록 많은 학자들 가운데에서, 그토록 많은 브라만 가운데에서, 그토록 많은 엄격하고 존경할 만한 사문들 가운데에서, 그토록 많은 구도자(求道者)와 그토록 많은 혼신을 다한 탐구자와 그토록 많은 성자(聖者)들 가운데에서 아무도 길 중의 길을 깨우치지 못할 것이라고 말하는가?」

하지만 싯달타는 슬프면서도 자조적인 음성으로 말하였다. 낮으면서도 슬픈 듯한, 조소하는 듯한 음성으로 말하였다.

「고오빈다, 머지 않아 너의 친구는 오랫동안 너와 함께 걸어온 이 사문의 길을 떠날 것이다. 오, 고오빈다, 나는 여전히 갈증으로 괴로워하고 있다. 이토록 오랜 사문의 길을 걸어오면서도 나의 갈증은 진정되지 못하였다. 언제나 나는 지식을 갈구했고, 의혹에 싸여 살아왔다. 그리하여 나는 브라만에게 물었고, 베다 성전을 뒤적여 보았다. 그리고 또 몇 해가 지나도록 믿음 두터운 사문들에게 물었다.

오, 고오빈다, 아마도 날짐승이나 원숭이에게 물어보았다 해도, 현자들 못지않게 현명하면서도 위로가 되는 해답을 들었을 것이다. 오, 고오빈다, '인간은 아무것도 배울 수 없다'는 사실을 배우기 위하여 나는 오랜 시간을 허비해 왔고, 이 한마디 교훈조차 제대로 배우지 못한 셈이다. 우리가 소위 '배운다'고 이름할 수 있는 것은 참으로 존재하지 않는다고 나는 생각한다. 오, 친구여, 이 세상에는 깨달음이 있을 뿐이다. 그것은 어디에나 있다. 그것은 내 속에, 네 속에 그리고 모든 존재 속에 있는 것으로 아트만이라는 깨달음이다. 그리하여 나는 이렇게 믿기 시작하였다. 이 깨달음 앞에서는 알고자 하는 것, 배운다는 것보다 더 경박한 적(敵)은 없다는 것을.」

「싯달타, 그런 말을 해서 너의 친구를 불안하게 하지 말았으면 한다. 참으로 너의 말은 내 마음에 두려움을 일깨운다. 그렇다 해도 생각해 보라. 만약 너의 말이 옳아서 배움이라는 것이 없다면, 대체 기도의 성스러움은 어디에 있고, 브라만 계급의 권위는 어디에서 찾을 것이며, 사문의 신성함은 어디에 있는가? 오, 싯달타, 그렇다면 이 세상에서 신성하고 가치 있고 존중할 것이 대체 무엇이란 말이냐?」

그리고 나서 고오빈다는 혼자서 우파니샤드의 한 구절을 읊었다.

깨끗한 정신으로 명상하여 아트만 속에 침잠한 자여,
말로 할 수 없는 열락이 그 마음에 깃들리라.

하지만 싯달타는 대꾸하지 않았다. 그는 고오빈다가 자기에게 해준 말을 생각하였으며 그 말의 의미를 끝까지 생각하고 있었다. 그는 고개를 숙인 채 우뚝 서서 생각했다. 그렇다, 우리에게 신성해 보이는 모든 것 중에서 무엇이 남을 것인가? 무엇이 보존될 것인가? 그리고 그는 고개를 가로저었다.

이 두 청년이 사문들 곁에서 지내며 수도를 한 지 어언 3년이 되는 어느 날, 여러 가지 경로를 통해서 소식 하나를 듣게 되었다. 그것은 풍문이면서 이야기였다. 고오타마라고 하는 이름의 인물이 나타났다는 것이다. 즉 이승의 번뇌를 초극하고 윤회의 바퀴를 멎게 한 숭고한 인물 붓다(佛陀)가 나타났다는 소문이었다. 그는 제자들에게 둘러싸여 가르침을 베풀면서 온 나라를 누비고 다닌다고 하였다. 재물도, 고향도, 아내도 없이 고행자의 누런 가사를 걸친 행색인데도 그 이마는 빛나 그 앞에서는 왕후도 바라문도 머리를 숙여 기꺼이 제자가 되기를 바란다는 것이었다.

이러한 전설, 소문, 동화가 여기저기서 음향처럼, 향기처럼 퍼져 왔다. 도시에서는 브라만들이, 숲 속에서는 사문들이 그것에 대해 수군거렸다. 고오타마 붓다의 이름은 젊은이들의 귀에 때로는 칭찬의 소리로, 때로는 비방 섞인 소문으로 거듭거듭 들려왔다.

마침 어느 지방에 전염병이 만연할 때 한 현인이 나타나 말과 입김으로 전염병 환자를 고쳤다는 따위의 소문이 퍼졌다. 그리하여 이 소문이 온 나라에 두루 퍼져 누구나가 그 사람에 관해 말하며, 혹자는 믿고, 혹자는 의심쩍게 생각했지만, 어느덧 많은 사람들이 현인, 구주를 찾아 길을 떠나게 되었다. 이런 식으로 그 소문, 고오타마 붓다, 샤아카[釋迦] 족 태생의 현자에 관한 향기로운 소문이 온 나라에 삽시간에 퍼졌다. 그를 신봉하는 자들은, 그는 최고의 인식에 도달하였고, 자신의 전생(前生)을 기억하며, 열반에 이르러 다시는 윤회 속에 빠져들지 않으며, 형상계의 탁류에 휩쓸리지 않는다고 말하였다.

그에 관하여 신기하고 불가사의한 말들이 수없이 떠돌았다. 그는 기적을 행하고, 마귀를 쫓고, 신과 대화를 한다는 것이었다. 하지만 그를 반대하며 믿지 않는 사람들은 고오타마야말로 형편없는 사기꾼으로 편안한 세월을 속절없이 보내고 있고, 제사드리기를 게을리하고 의식도 없고 수도도 금욕도 모르는 자라고 말하였다.

붓다에 관한 소문은 달콤하게 들려왔다. 이 소문에서는 매력이 풍겼다. 실제로 이 속세는 병들어 있고, 인생은 고해(苦海)였다. 그런데 보라! 여기에서는 샘이 솟는 것 같으며 위안과 사랑과 고귀한 약속이 가득 찬 복음이 울리는 것 같지 않은가? 붓다의 소문이 들려오는 곳이면 어디에서나 인도의 모든 청년들은 귀를 귀울였고 동경과 희망을 느꼈다. 그리하여 지존(至尊) 샤아캬무니[釋迦募尼]에 대한 지식을 안고 오는 순례자나 나그네는 누구든지간에 어느 마을에서나 브라만 아들들의 환영을 받았던 것이다.

 숲 속의 사문들에게도, 싯달타와 고오빈다에게도 이 소문이 물방울처럼 서서히 들려왔다. 들리는 소리는 어느 것이나 희망으로 혹은 의혹으로 가득 차게 하였다. 그들은 그것에 관해 거의 이야기를 나누지 아니하였다. 사문의 최고 장로께서 이 소문에 별로 호감을 가지고 있지 않았기 때문이었다. 그 장로는 붓다를 자처하는 그 자가 언젠가 금욕자로서 심산에서 살았는데 그 뒤 향락을 찾아 세속으로 되돌아간 자라는 소문을 듣고, 이 고오타마를 인정하려고 하지 않았다.

 「오오, 싯달타.」

 어느 날 고오빈다는 친구에게 말하였다.

 「오늘 마을에 갔었는데 어떤 브라만이 나를 자기 집으로 초청했었네. 그런데 그의 집에는 붓다를 직접 눈으로 보고 그의 설법을 직접 들은 마가다국*에서 왔다는 한 브라만의 아들이 있었어. 그리고 진실로 말하자면 그때 숨막히게 가슴이 조여옴을 느꼈어. 그리고 이렇게 생각했었다네. 나도 역시, 아니 싯달타 너와 나 두 사람 역시, 그 선지

---

* 마가다국(Maghada) ; 중인도(中印度)에 있던 옛 왕국. 불교와 관계 깊은 나라로서 세존(世尊)이 생존시에는 반바사라 왕이 왕사성(王舍城)에 도읍하고 나라를 다스려 문화가 크게 발달하였다. 세존은 이 마가다국의 나이란야나 강가에서 도를 깨쳤다고 한다.

자(先知者)의 입으로부터 직접 설법을 들을 수 있다면, 하고. 어떤가, 친구, 우리도 그곳에 가서 붓다의 가르침을 직접 듣지 않으려나?」

싯달타는 말하였다.

「오오, 고오빈다. 고오빈다라면 언제까지나 사문들 곁에 머물러 육십 칠십이 되어도 사문들의 기술과 수도를 수행하리라고 믿어 왔었네. 그런데 보라, 놀랍게도 나는 고오빈다를 너무나 알지 못하였네. 그 진심을 잘못 알고 있었네. 내 소중한 친구여, 그럼 이제 너는 새로운 길로 접어들어 붓다의 설법이 들리는 곳으로 가려 하는구나.」

고오빈다가 말하였다.

「너는 조롱하기를 좋아하는구나, 싯달타. 마음대로 조롱하여라. 그러나 네 마음속에도 붓다의 설법을 듣고자 하는 욕구와 의지가 숨겨져 있는 게 아닌가? 그리고 너는 사문의 길을 걸을 날도 얼마 남지 않았다고 네 자신의 입으로 내게 말한 적이 있지 않느냐?」

그러자 싯달타는 슬픔과 자조의 그림자가 드리워진 듯한 그의 특유의 방식으로 소리 내어 웃으며 말하였다.

「맞았다, 고오빈다. 네 말이 옳다. 네 기억이 맞다. 아마 너는 내가 했던 또 다른 말도 기억하고 있을 것이다. 내가 가르침과 배움에 대해 의혹을 품게 되고 염증을 가지게 되었다는 것, 또한 스승들의 설법에 대한 나의 믿음이 적어졌다는 사실을 말이야. 여하간 좋아, 친구여! 나 역시 그 설법을 듣기로 마음 먹었다. 비록 내 마음속에는, 그분의 가르침에서 가장 탐스러운 열매를 이미 맛본 셈이라는 생각이 들기는 한다마는.」

고오빈다는 말하였다.

「너의 결심을 들으니 내 마음이 즐겁다. 그러나 어떻게 그것이 가능할 수 있는지 말해다오. 우리가 그분의 설법을 듣기도 전에, 그 가르침이 우리들에게 가장 값진 것을 줄 수 있을지 없을지는 조용한 마음으로 기다려 보도록 하세.」

그날로 싯달타는 사문의 최고 장로에게 이제는 이곳을 떠나겠다는 결심을 말했다. 그는 아랫사람으로서 제자가 지녀야 할 예절과 겸손한 태도로 말씀을 드렸다. 그러나 그 사문은 두 청년이 자기를 떠나고자 하는 것을 알고 노발대발하여 큰소리로 꾸짖었다. 고오빈다는 놀라서 어찌할 바를 몰라 했다. 하지만 싯달타는 고오빈다의 귀에 대고 이렇게 속삭였다.

「지금이야말로 내가 그에게 배운 바를 보여줄 때다.」

그는 정신을 통일시켜 그 사문 앞에 가까이 서더니, 두 시선을 노인의 시선에 고정시켜 노인을 꼼짝 못하도록 사로잡아 침묵하게 하고 그의 의지를 빼앗아 싯달타 자신의 의사에 따라, 싯달타가 요구하는 대로 소리 없이 명하였다. 노인은 입을 다물었고, 그의 눈은 굳어버렸으며, 의지가 마비되어 팔은 맥없이 늘어져 무력하게 싯달타의 마력(魔力)에 굴복하고 있었다. 싯달타의 사고(思考)가 이 사문의 뜻을 지배하여, 노사문은 싯달타의 명령에 따르지 않을 수 없었던 것이다. 그리하여 노인은 몇 번이나 고개 숙여 절을 하고 축복의 합장을 하면서, 더듬거리는 어투로 젊은이들의 장도를 축원하였다. 따라서 청년들도 감사하며 마주 절하고 행운을 빌며 그곳을 떠났다

「오오 싯달타, 너는 사문들 곁에서 내가 알고 있는 것보다 한결 더 많은 것을 배웠다. 노사문을 도술로 사로잡기란 쉬운 일이 아니다. 실로 네가 거기 그대로 머물러 있었다면, 머지 않아 물 위를 걷는 법도 터득할 것이다.」

「나는 물 위를 걷는 것 따위는 갈망하지 않는다.」

싯달타는 말하였다.

「늙은 사문들께서는 그런 재주를 갖고 자족(自足)할 수 있었으면 좋겠다.」

고오타마

사바티* 거리에서는 어린아이들도 거룩하신 붓다의 이름을 알고 있었다. 그리하여 어느 집에선, 말없이 시주(施主)를 구하는 고오타마 제자들의 바리를 가득 채워 주었다. 이 도시 근처에는 고오타마가 가장 즐겨 머무르는 기원(祈園) 예타바나**가 있었다. 이곳은 붓다에 귀의한 부유한 상인 아나타핀디카가 고오타마와 그의 제자들을 위해 헌납한 것이다.

두 젊은 고행자는 고오타마의 거처를 찾아가는 도중에 그 지역에 관하여 많은 이야기를 주고받았다. 그리하여 사바티에 도착하자, 그

---

* 사바티(Savathi) ; 사위성(舍衛城)이라 번역한다. 중인도 교살라 국의 도성으로서 부처님이 계실 때 바시닉 왕, 유리 왕이 살았으며, 성 남쪽에 유명한 기원 정사가 있다. 현재의 콘다 주(州) 세트마헤트이다.
** 예타바나(Jetavana) ; 중인도의 사위성 남쪽 1마일 지점에 있는 삼림(森株). 기다수급고독원(祈多樹給孤獨院), 또는 기수원, 기원, 급고독원, 기원정사로 불리운다.

들은 시주를 구하며 문 앞에 서게 된 바로 첫 번째 집에서 음식을 대접받아 먹게 되었다. 그때 싯달타는 음식을 건네주는 부인에게 물었다.

「자비로운 부인이시여, 우리들은 존귀하신 붓다가 지금 어디에 머물고 계신지를 진심으로 알고자 합니다. 우리 두 사람은 숲에서 온 사문으로, 그 선각자를 뵈옵고 그의 입에서 흘러나오는 설법을 들으려고 왔습니다.」

그 부인은 대답하였다.

「숲에서 온 사문들이여, 마침 이리로 잘 찾아오셨습니다. 지금 그 높으신 분께서는 아나타핀디카의 정원에 머무르고 계십니다. 순례자들이여, 당신들은 그곳에서 유숙하는 게 좋겠습니다. 그곳에는 그분의 설법을 들으려고 사방에서 모여든 수많은 사람들을 받아들일 만큼 충분한 장소가 있으니까요.」

그 말을 듣자 고오빈다는 기뻐한 나머지 환성을 질렀다.

「그렇다면 우리의 목표는 달성되었고 우리의 길은 다 온 셈이군요! 그렇지만 순례자의 어머니시여, 말씀해 주십시오. 당신은 그 붓다를 아십니까? 그분을 직접 만나 뵈온 적이 있습니까?」

그 부인이 대답하였다.

「나는 그 높으신 분을 여러 번 뵈었습니다. 누런 가사를 걸치고 묵묵히 거리를 걸어가시는 모습을 뵈었습니다. 그분은 집집마다 대문 앞에 이르러 묵묵히 바리를 내미십니다. 그리고 채워진 그릇을 들고 표표히 떠나십니다.」

고오빈다는 황홀하여 어쩔 줄 모르며 귀를 기울였고, 더 많은 것을 묻고 답을 듣고 싶어하였다. 하지만 싯달타는 계속 길을 떠날 것을 재촉하였다. 그들은 부인께 사례를 하고 길을 떠났다. 그리고 거기서부터는 가는 길을 더 이상 물어볼 필요도 없었다. 수많은 순례자와 고오타마 교단의 승려들이 기원을 향해 가고 있었기 때문이었다. 그들이 그곳에 도착한 것은 한밤중이었는데도 무리들이 끊임없이 도착하였으며, 숙소를 구하고 정해 받느라 외치고 떠드는 소리가 흘러넘쳤다. 숲 속 생활에 길이 든 두 사문은 재빠르고도 소리 없이 잠자리를 찾아 아침까지 쉴 수 있었다.

해뜰 무렵, 그들은 그렇게 많은 신자들과 호기심에 찬 무리들이 그곳에서 밤을 지낸 것을 보고 깜짝 놀랐다. 아름다운 숲 속의 길목길목마다 승복을 걸친 승려들이 거닐었고, 여기저기 나무 그늘에도 명상을 하거나 심오한 설화에 열중하는 승려들이 앉아 있었다. 그리하여 이 녹음진 정원은 마치 벌 떼처럼 모여든 사람들로 장터 같았다. 대부분의 승려들은 하루 한 끼의 식사인 점심을 얻으려고 탁발을 하러 마을로 떠나고 있었다. 그리고 각성자(覺醒者) 붓다 자신도 아침이면 시주를 구하러 떠나시곤 하였다.

싯달타는 그분을 보았으며 그 순간 마치 신이 가르쳐주신 듯 당장에 그를 알아보았다. 누런 법복을 걸치고 바리를 들고 묵묵히 걸어가는 꾸밈없는 한 인간을 보았다.

「여기를 보아라!」

싯달타는 고오빈다에게 나직이 말하였다.

「여기 이 어른이 붓다이시다.」

고오빈다는 누런 가사를 걸친 그 승려를 주의깊게 바라보았다. 얼핏 보기에는 다른 수백의 승려들과 구별되는 점이라곤 아무것도 없는 것 같았으나 고오빈다 역시 그가 붓다라는 것을 당장에 알아보았다. 그리하여 그들은 붓다의 뒤를 따라가며 눈여겨 보았다.

붓다는 깊은 생각에 잠긴 겸허한 태도로 길을 걷고 있었다. 그의 조용한 얼굴에는 기쁨도 슬픔의 표정도 없었고 소리없이 내면을 향해 미소 짓고 있는 듯이 보였다. 은근한 미소를 띠고 조용히 침착하게, 건강한 어린아이처럼 붓다는 걸어가고 있었다. 자신을 추종하는 다른 모든 승려들과 똑같이 옷자락을 걸치고 엄격한 계율을 따라 걸음을 옮기고 있었다. 그의 얼굴과 걸음걸이, 살며시 내리깐 시선, 조용히 늘어뜨린 팔과 손가락 하나하나는 평화와 완전함을 말하고 있었다. 무엇을 추구하거나 꾸미지 않았으며 구원의 안식과 구원의 광명 속에서, 범할 수 없는 평화 속에서 고요히 숨쉬고 있었다.

이렇게 고오타마는 시주를 구하러 마을을 향해 걸어가고 있었다. 그리고 두 사문은 단지 완전하게 평온한 모습, 평화로운 자태에서 그를 알아볼 수 있었던 것이다. 아무런 구함도 욕망도 모방도 또한 어떤 노력도 찾아볼 수 없었고 다만 광명과 평화로움만이 감돌 뿐이었다.

「오늘 우리는 그의 설법을 들을 것이다.」

고오빈다가 말하였다.

싯달타는 대답하지 않았다. 그는 설법에 대해서는 별로 흥미를 가지고 있지 않았다. 그의 설법에서 새로운 무엇을 배울 수 있으리라고는 믿지 않았기 때문이며 고오빈다와 마찬가지로, 두 다리 세 다리 건너 간접적이기는 하지만 붓다의 설법 내용을 이미 여러 번 거듭 들었기 때문이다. 하지만 싯달타는 고오타마의 머리, 두 어깨, 두 발 그리고 조용히 늘어진 손을 보았다. 싯달타의 눈에는 그 손가락 마디마디가 가르침이었다. 고오타마는 몸으로 말하고 있었고, 숨쉬고 있었으며, 향기를 뿜고 있었고, 진리로 빛나는 것 같았다. 이 인물, 이 붓다는 머리끝에서 발끝까지의 작은 몸짓 그대로가 진리였다. 싯달타는 그때까지 그분처럼 존경스럽고 그분처럼 친근감을 느껴 본 사람은 없었다.

두 청년은 붓다를 따라 마을까지 갔다가 말없이 되돌아왔다. 그들은 그날 하루 금식(禁食)을 하기로 작정했기 때문이었다. 그들은 고오타마가 돌아오는 것을 보았으며 그가 젊은 제자들에게 둘러싸여 식사하는 것을 보았다——그가 먹은 양(量)으로는 새(鳥)라도 배를 채울 수 없을 정도였다——그리고 그가 식사를 끝내고 망고나무 그늘로 돌아가는 것을 보았다.

하지만 저녁때, 낮의 열기가 잦아들고 만물이 보금자리에서 생기를 되찾아 모여들었을 때, 그들은 붓다의 가르침을 들었다. 그들은 그의 음성을 들었다. 그 음성까지도 완전한 것이었으며 평온과 평화로움으로 가득 찬 것이었다. 고오타마는 번뇌에 대하여, 번뇌의 출처에 대하여, 번뇌를 해탈하는 길에 대하여 설법하였다. 그의 침착한 어조는 조용하고 맑게 흘렀다. '인생은 고해이며, 세계는 번뇌로 충만해 있었으나 번뇌로부터 해탈하는 법을 찾게 되었다. 모름지기 붓다의 길을 걸어가는 자는 해탈을 하리라' 는 것이었다.

부드러우면서도 확고한 어조로 붓다는 말하였다. 그는 사성제(四聖諦)*와 팔정도(八正道)**에 대해 말하고 참을성 있게 비유와 반복의 평범한 방식으로 가르침을 계속 펴 나갔다. 맑고 조용하였으며 한 줄기 광채처럼, 별빛처럼 이들의 머리 위를 흘렀다.

붓다가 설법을 마쳤을 때——그때는 벌써 밤이 되었다——많은 순례자들이 앞으로 나아가 붓다의 교단에 입문하여 그 가르침에 귀의하겠노라고 간청하였다. 고오타마는 그들을 받아들이며 이렇게 말하였다.

「그대들은 가르침을 받아들였으며 그것은 바로 전해졌도다. 자, 이리로 와서 거룩한 길을 걸으라. 그대들은 모든 번뇌에서 벗어날 것이다.」

---

* 사성제 ; 불교의 실천적 원리를 말하는 대강령으로 고제(苦諦), 집제(集諦), 멸제(滅諦), 도제(道諦). 고(苦)는 죽음, 집(集)은 애욕, 멸(滅)은 애욕의 불이 꺼짐, 도(道)는 팔정도를 말한다.
** 팔정도 ; 불교에서 실천 수행을 요구하는 여덟 가지 길. 올바른 견해[正見], 올바른 생각[正思惟], 올바른 말[正語], 올바른 행실[正業], 올바른 생활[正命], 올바른 노력[正精進], 올바른 기억[正念], 올바른 마음의 통일[正定]을 말하며, 이 여덟 가지 길을 통하여 깨달음의 경지에 이르러야 한다는 것이다.

보라. 그때, 소심한 고오빈다도 앞으로 나아가 말하였다.

「저도 세존과 그 가르침에 귀의합니다.」

그는 붓다의 제자가 되기를 간청하였고 허락을 얻어냈다. 붓다가 쉬려고 돌아가자, 고오빈다는 즉시 싯달타를 향해 열렬한 어조로 말하였다.

「싯달타, 내가 감히 너를 비난할 처지는 아니지만 한마디 하겠다. 우린 같이 세존의 음성을, 그의 설법을 들었다. 그리고 고오빈다는 그 가르침을 듣고 그 교의에 귀의하였는데 사랑하는 친구여, 대체 너는 해탈의 길을 걷지 않으려느냐? 아직도 망설이는가? 아직도 더 기다리려는 것이냐?」

고오빈다의 말을 듣자, 싯달타는 잠에서 깨어나듯 눈을 떴다. 그는 한참이나 고오빈다의 얼굴을 바라보았다. 그리고는 조소의 기색이 전혀 없는 진지한 음성으로 나직이 말하였다.

「나의 친구, 고오빈다. 이제 너는 너의 길을 내딛었다. 너는 그 길을 선택하였다. 오오, 고오빈다, 너는 나의 친구로서 항상 나의 뒤를 따라왔다. 때때로 나는 이렇게 생각했었다. 고오빈다도 역시 나를 떠나 자신의 영혼으로, 혼자서 자신의 길을 내디딜 때가 있지 않을까? 그런데 보라, 이제 너는 한 남자가 되어 너 스스로 너의 길을 택하였다. 오, 나의 친구여! 그 길을 끝까지 걸어가 주게. 그리하여 거기서 해탈을 구하도록 하게나.」

여전히 친구의 뜻을 완전히 깨닫지 못한 고오빈다는 초조한 음성으로 되풀이하여 물었다.

「자, 말해다오. 사랑하는 친구여! 말하여 보라. 세존 붓다에게 귀의하지 않고 너에게 달리 어떤 방도가 있는지? 나의 박학한 친구여!」

싯달타는 고오빈다의 어깨에 손을 얹었다.

「너는 나의 축복의 말을 듣지 않았는가? 오오, 고오빈다, 되풀이해 말하마. 너는 그 길을 끝까지 걸어가거라! 그리하여 해탈의 경지에 이르기를!」

그 순간 고오빈다는 그의 벗이 자기를 떠나버렸다는 것을 깨달았다. 그리고 그는 눈물을 흘리기 시작했다.

「싯달타!」

그가 한탄하며 부르짖자 싯달타는 다정하게 말하였다.

「잊지 말아라, 고오빈다. 너는 붓다의 제자가 되었음을! 너는 고향과 부모를 버리고, 혈통과 재산을 버리고, 너 개인의 욕망을 버리고, 우정을 버렸다. 그것이 가르침이요, 세존도 네가 그러기를 요구하신다. 그리고 너 자신도 그것을 원하였다. 오오, 고오빈다, 내일 아침 나는 너와 작별을 할 것이다.」

그리고도 두 친구는 한동안 숲 속을 거닐다가 잠자리에 누웠다. 하지만 그들은 오래도록 잠을 이룰 수가 없었다. 그리고 고오빈다는 끊임없이 친구에게 말해 달라고 졸랐다. 왜 고오타마의 교의에 귀의할 수 없는지, 그 교의에서 무슨 결함을 찾을 수 있었는지를.

하지만 싯달타는 그때마다 벗의 요구를 거절하며 말하였다.

「안심하라, 고오빈다. 지존의 설법은 말할 수 없이 훌륭하다. 내가 거기에서 무슨 결함을 찾을 수 있겠느냐?」

이튿날 새벽 붓다의 제자 가운데서 늙은 승려가 정원을 두루 돌아다니면서 새로이 붓다의 교단에 귀의한 자들을 모두 불러, 그들에게 황색 도포를 입히고 불제자로서의 첫 교훈과 임무를 가르쳐 주고 있었다.

고오빈다는 그의 오랜 친구와 다시 한 번 포옹을 하고 뛰쳐나가 새로이 승려가 된 동료들의 행렬에 합류하였다. 하지만 싯달타는 생각에 잠겨 홀로 숲 속을 거닐고 있었다. 그때 그는 세존 고오타마를 만났다. 그는 경의를 표하며 붓다에게 인사하였다. 선의와 평온으로 가득 찬 붓다의 시선을 대하자, 청년은 용기를 가다듬어 세존에게 말씀을 드려도 좋겠느냐고 청하였다. 지존은 묵묵히 고개를 끄덕이며 허락의 뜻을 표하였다.

싯달타는 말하였다.

「오오, 세존이시여. 어제 저는 당신의 그 놀랄 만한 가르침을 들을 기회를 가졌습니다. 저는 친구와 함께 당신의 설법을 듣기 위해 먼 곳에서 왔습니다. 이제 나의 친구는 당신의 제자가 되어 여기에 머무를 것입니다. 그러나 저는 다시금 순례의 길을 떠날 것입니다.」

「당신의 뜻대로 하시지요.」

세존은 다정하게 말하였다.

싯달타는 계속해서 말하였다.

「제 말이 너무 당돌한 것 같사오나, 지존께 저의 생각을 솔직히 말씀드리지 않고서는 지존을 떠나고 싶지 않습니다. 지존이시여, 잠시 동안만 저의 말을 들어주실 수 있으십니까?」

붓다는 이번에도 역시 묵묵히 고개를 끄덕이며 허락의 뜻을 표하였다.

싯달타는 말하였다.

「세존이시여, 당신의 설법에서 무엇보다 이 한 가지 사실에 감탄하였습니다. 당신의 가르침 안에서는 만물이 완벽하게, 이론(異論)의 여지없이 증명되었습니다. 즉, 당신은 세계를 하나의 완전한 사슬로, 어디에도 끊어진 데 없는 사슬로, 인과율로 이어진 영원한 사슬로 제시하였습니다. 지금껏 이 세상이 그토록 명백하게 통찰되고, 그토록 이론의 여지없이 설명된 적이 없었습니다. 당신의 교의를 통하여 이 세계가 수정같이 투명하고 우연(偶然)에 의해 지배됨이 없으며, 신들에 의해서도 지배받지 않는 빈틈 없고 완벽한 총체로 보여질 때, 실로 모든 브라만의 심장은 한층 격앙되지 않을 수 없었을 것입니다.

이 세상이 선이냐, 악이냐 또는 인생이 괴로우냐 즐거우냐 하는 것은 미루어 두었다가 생각할 수도 있는 문제입니다. 그것은 아마 그리 절실한 문제가 아닐 것입니다. 그런데 이제 세계의 통일, 만물의 생성 관계, 즉 크고 작은 만물은 동일한 흐름에서 동일한 인과법칙, 생성과 소멸의 법칙에서 유래하여 엉키어 있다는 것, 그것이야말로 당신의 위대한 설법에 의해 밝게 드러났습니다. 오오, 완성자이시여.

그렇지만 당신의 가르침에 따르면 만물의 이러한 단일성과 일관성은 어느 한 곳에서 중단된 것 같습니다. 한 작은 틈새를 통하여 이 단일한 세계로 낯선 것, 새로운 것, 일찍이 없었고 제시될 수도, 증명될 수도 없는 무엇이 흘러 들어옵니다. 그것은 세계의 극복과 해탈에 관한 당신의 설법입니다. 이 작은 균열, 이 작은 구멍으로 인하여, 영원하고 단일한 세계의 법칙 전체가 다시금 붕괴되고 맙니다. 감히 이런 이론을 말씀드림을 용서하여 주시기 바랍니다.」

고오타마는 꼼짝 않고 조용히 싯달타의 말에 귀를 기울였다. 그러더니 이 완성자는 자비롭고 다정하며 맑은 음성으로 말하였다.

「오오, 브라만의 아들이여. 그대는 나의 설교를 올바로 들었소. 또한 그대가 그토록 깊이 생각하다니 훌륭한 일이오. 그대는 나의 설교에서 하나의 틈서리를, 결함을 발견해 내었소. 계속해서 그 점에 대해 깊이 생각하기를 바라오. 지식을 갈구하는 자여, 하지만 하고많은 의견들의 덤불에 빠지거나 말을 위한 논쟁을 하지 않도록 하오. 이론이 중요한 것은 아니오. 그것은 아름다울 수도 추할 수도 있고, 지혜로울 수도 어리석을 수도 있소. 또한 누구라도 그 이론에 찬성할 수도 비난할 수도 있는 것이오. 실상 그대가 나에게서 들은 그 설법은 나의 이론이 아니오. 그리고 그 목적은 지식을 갈구하는 자들을 위하여 세계를 구명(究明)하고자 하는 것이 아니오. 그 목적은 다른 것이오. 즉 번뇌로부터의 해탈이오. 그것이 바로 고오타마가 가르치려는 것이지 그 밖엔 아무것도 아니오.」

「오오, 세존이시여, 무례를 용서하여 주십시오.」

청년은 말하였다.

「세존과 언쟁을 하려고, 말을 위한 말싸움을 벌이려고 그 말씀을 드린 것은 아닙니다. 의견 자체에는 별로 비중이 없다는 세존의 말씀은 지당합니다. 그렇지만 감히 한 가지만 더 말씀드리게 하여 주십시오. 제가 당신을 의심한 적은 한 순간도 없었습니다. 당신께서는 붓다이시며 목표에 도달하셨으며, 그 숱한 브라만과 브라만의 아들들이 도달하고자 하는 최고의 목표에 도달하셨다는 것을 저는 한 순간도 의심한 적이 없습니다.

당신께서는 죽음으로부터 해탈을 얻으셨습니다. 그것은 당신의 독자적인 구도(求道)를 통하여 이루어졌습니다. 명상을 통하여, 참선을 통하여, 인식과 각성을 통하여, 당신 자신의 독자적인 길을 걷는 가운데 이루어진 것입니다. 세존께서는 결코 어떤 가르침을 통해 그것을 얻은 것이 아닙니다! 그러니—오, 세존이시여, 이것이 저의 얕은 소견입니다.—어느 누구도 설법을 통하여 해탈에 이르게 할 수는 없습니다! 오, 세존이시여, 세존께서는 당신 자신 깨달음의 순간에 일어난 일을 말씀과 가르침으로써 어느 누구에게도 그대로 전달할 수는 없을 것입니다. 각성자 붓다의 가르침은 많은 것을 내포하고 있어 악을 피하고 바르게 사는 길을 가르쳐 줍니다.

그렇지만 그토록 명백하고 그토록 경외할 만한 가르침 속에 단 한 가지가 포함되어 있지 않습니다. 세존 자신이 체험하신, 수십만의 구도자 중에서 오로지 세존께서만 체험하신 비밀이 빠져 있습니다. 제가 세존의 가르침을 들으며 생각하고 인식한 것은 바로 그 점입니다. 제가 편력의 길을 계속하려는 이유도 바로 거기에 있습니다. 다른 어떤 분의 설법보다 훌륭한 가르침을 찾기 위해 떠나는 것은 아닙니다. 더 훌륭한 가르침은 없다는 것을 알고 있기 때문입니다. 저는 오히려 모든 가르침과 스승들을 떠나서 오로지 나 혼자 목표에 도달하든가, 그렇지 못하면 차라리 죽는 것이 저의 길임을 알고 있기 때문입니다. 그렇지만 훗날 저는 자주 이 날을 생각할 것입니다. 오오, 세존이시여, 저의 눈으로 한 분의 성자(聖者)를 본 이 순간을 어찌 잊겠습니까?」

붓다의 눈은 조용히 땅바닥을 응시하고 있었고, 헤아릴 수 없는 그의 얼굴은 완벽한 평정에 잠겨서 조용히 빛나고 있었다.

세존은 천천히 입을 열었다.

「그대의 생각이 잘못이 아니기를 바라오! 그대가 목적에 도달하기를 진심으로 바라겠소. 그렇지만 그대는 나의 사문의 무리들을, 교의에 귀의한 수많은 나의 형제들을 보시었소? 그대는 이 모든 이들도 가르침을 떠나 환락의 생활로, 속세로 되돌아가는 것이 더 좋으리라고 믿는가?」

「천만의 말씀입니다.」

싯달타는 외쳤다.

「그들 모두가 가르침을 받아들여 자신의 목표에 도달하기를 바라는 마음입니다. 다른 사람의 생애에 대하여 비판하는 것은 제가 할 일이 아닙니다. 오로지 저 자신에 대해서만, 저 하나에 대해서만 판단하고 선택해야 하는 것입니다. 오오, 세존이시여, 우리 사문들은 자아로부터의 해탈을 구도하고 있습니다. 세존이시여, 제가 만약 당신의 제자가 된다면, 저의 자아가 오로지 겉으로만 안식에 도달하고 해탈함에 지나지 않아 그 자아가 그대로 살아 남아 커갈 것이 두려운 것입니다. 그렇게 되면 저는 가르침을, 저의 복종을, 세존을 향한 사랑을, 세존의 교단(教團)을 저의 자아로 만들 테니까 말입니다!」

고오타마는 웃을 듯 말 듯 미소를 띠고, 동요 없이 밝고 친절한 태도로 낯선 젊은이의 눈을 들여다보더니, 거의 눈에 띄지 않는 미동으로 작별의 뜻을 표하였다.

「오오, 사문이여, 그대는 지혜롭소.」

세존은 말하였다.

「그대는 지혜롭게 말할 줄을 알고 있소. 나의 친구여, 너무 지나친 지혜로움은 경계하기 바라오!」

붓다는 떠나갔다. 그때 그의 시선과 미소는 영원히 싯달타의 기억에 살아 남았다.

'지금껏 나는 그런 시선, 그런 미소, 그런 앉음새와 걸음걸이를 가진 사람을 일찍이 본 적이 없다. 참으로 나 역시 그토록 자유롭게, 그토록 고귀하게 그토록 내면을 향하고, 그토록 거침없이 그토록 어린애같고 신비롭게 바라보고 미소 짓고, 앉고 걸을 수 있게 되기를 바란다. 자아의 심층에까지 파고들어 간 인간만이 그런 시선, 그런 걸음걸이를 지닐 수 있으리라. 그렇다, 나도 나 자신의 궁극의 심층에까지 찾아 들어가도록 하리라.'
하고 싯달타는 생각하였다.

'나는 한 인간을 보았다. 그 앞에서는 스스로 두 눈을 내리뜨지 않을 수 없는 유일한 인간을 본 것이다. 다른 어느 누구 앞에서도 나는 내 눈을 내리뜨지 않을 것이다. 다른 어떤 사람에게도, 다른 어떤 가르침에 대해서도 더 이상 이끌리지 않으리라. 이 유일한 인간 붓다의 가르침도 나를 유혹하지 못하였으니.'
하고 싯달타는 생각하였다.

'붓다는 나에게서 앗아갔다. 붓다는 나에게서 앗아갔으나 그 이상의 것을 주었다. 그는 나에게서 친구를——나를 따랐으나 지금은 그를 따르는, 나의 그림자였으나 지금은 그의 그림자인——앗아갔다. 그러나 그는 나에게 싯달타를, 나 자신을 준 것이다.'
하고 싯달타는 생각하였다.

각성(覺醒)

싯달타는 이 성림(聖林)을, 완성자 붓다가 머물고 있고 고오빈다가 장차 머무르게 될 기원을 떠나면서 지금까지 살아온 자기의 생활 역시 그곳에 남겨 둔 채 작별을 고한 것 같은 느낌이 들었다. 그는 천천히 발걸음을 내디디며, 이러한 감정에 사로잡힌 채 깊은 생각에 잠겼다. 마치 깊은 물 속에 잠기듯이 이러한 감정의 바닥에까지, 그 감정의 원인이 숨겨져 있는 밑바닥까지 빠져 들어갔다. 원인을 인식하는 것, 그것이 곧 사고(思考)라고 여겼기 때문이었다. 그리고 사고를 통해서만 감정은 인식될 수 있으며 소멸되지 않을 뿐 아니라, 본질적인 것이 되어 감정 속에 내재한 것을 발산하게 된다는 생각이 들었기 때문이었다.

천천히 발걸음을 옮기며 싯달타는 깊이 생각에 잠겼다. 그는 자신이 이미 단순한 젊은이가 아니라 한 남자가 되었다는 것을 확신하였으며, 마치 뱀이 낡은 허물을 벗듯이, 자신으로부터 어떤 한 가지 사실이 떠나갔다는 것을 확신하였다. 젊은 날 동안 내내 그와 동반하였고 그에게 속해 있었던 한 가지 사실, 즉 스승을 모시고 가르침을 듣고자 하던 욕망이 이제는 이미 자기 안에서 사라졌다는 확신을 갖게 된 것이다. 지나온 날 그의 앞에 나타났던 최후의 스승, 가장 높고 가장 지혜로운 스승, 성자 붓다까지도 그는 떠나왔다. 그에게서 떠날 수밖에 없었으므로 그분의 가르침에 귀의할 수가 없었던 것이다.

이렇게 생각에 잠긴 그는 더욱 천천히 발걸음을 떼어 놓으며 스스로에게 물었다.

'대체 스승들과 그 스승들의 가르침으로부터 네가 배우고자 했던 것이 무엇이냐? 너에게 그토록 많은 것을 가르쳐 준 그들이 끝내 네게 가르쳐 줄 수 없었던 것이란 대체 무엇이냐?'

그리고 그는 찾아냈다.

'그것은 자아였다. 내가 알고자 했던 것은 의미와 본질의 의의였다. 그곳에서 내가 벗어나고 극복하고자 했던 것은 바로 자아였다. 그렇지만 나는 그것을 극복할 수 없었고 다만 거짓으로 속여 그것에서 도망쳐 그 앞에 숨을 수 있었을 뿐이었다. 실로 세상에서 이 자아만큼 나의 생각을 앗아간 것은 아무것도 없었으며, 내가 살고 있다는 이 수수께끼, 나는 모든 다른 사람과 유리되어 구별되는 한 개체라는 수수께끼, 나는 싯달타라는 수수께끼처럼 나의 생각을 앗아간 것은

없었던 것이다. 그리고 세상에서 나 싯달타에 대해서만큼 나 자신을 거의 알고 있지 못한 물건도 없다!'

생각에 잠겨 천천히 걷고 있던 그는 이런 생각에 사로잡혀 발걸음을 멈추었다. 그러자 곧 이 생각에 꼬리를 물고 새로운 생각이 떠올랐다.

'내가 나에 관하여 아무것도 알고 있지 못한 것은, 싯달타가 여전히 내게 낯설고 언제까지나 미지의 존재인 것은, 하나의 원인, 단 하나의 원인에서 유래한 것이다. 즉 내가 나 자신을 두려워했으며, 나에게서 도피하였던 까닭이었다. 나는 아트만을 추구하였으며 브라만을 추구하였다. 나는 알지 못하는 자아의 심부(深部)에서 모든 껍질의 핵(核), 아트만, 생명, 신성 그리고 궁극의 것을 찾아내려고, 나의 자아를 부수고 그 껍질을 벗겨 버리려고 하였다. 그렇지만 그렇게 하는 동안 나는 나 자신을 잃어버렸던 것이다.'

싯달타는 두 눈을 떠서 주위를 살펴보았다. 그의 얼굴은 미소로 충만하였다. 긴 꿈에서 깨어났다는 깊은 감회가 그의 발끝까지 흘렀다. 그러자 그는 갑자기 걸음을 재촉하였다. 무슨 할 일이 있는 사람처럼 서둘러 달렸다.

「오오.」

싯달타는 깊게 한숨을 내쉬며 생각했다.

'이제 나는 싯달타를 절대 놓치지 않을 것이다. 아트만과 세계의 고뇌로 나의 사색과 생활을 시작하지 않으리라. 다시는 폐허 뒤에서 비밀을 찾아내겠다고 나를 죽이거나 부수지 않을 것이다. 요가베다(瑜伽吠陀)*나 아탈바베다(阿達婆陀)**로부터, 또한 어떠한 고행자로부터도 가르침을 받지 않으리라. 나는 나 자신에게 배울 것이며 나 스스로도 스승이 되어 나를, 싯달타의 비밀을 알도록 하리라.'

그는 난생 처음 세상을 바라보듯이 자기 주위를 살펴보았다.

세상은 아름다웠다. 세상은 얼마나 이상하며 수수께끼로 가득한가! 여기에는 파랑, 저기에는 노랑, 여기에는 초록이 있다. 하늘과 강은 흐르고, 숲과 산지는 의연히 솟아 있었다. 만물은 아름답고 불가사의하고 신비스러웠다. 그리고 그 가운데서 각성자 싯달타는 자기자신을 찾으러 가는 도중이었다. 이 모든 것이, 모든 노랑과 푸른빛, 강물과 숲이 이제 처음으로 그의 눈을 통하여 싯달타에게 파고들어왔다. 그것은 이미 마라(魔羅)***의 마술도 아니었고, 마야[迷妄]****의 베일도 아니었다. 복합적인 것을 배척하고 단일(單一)의 것을 추구하며 명상하는 브라만들이 생각하듯 경멸스러운 세계, 무의미하고 우연한 다양성으로 이루어진 복합적인 현상계는 이미 아니었다. 푸른 것은 푸른 것이었고 강물은 강물이었다. 그리고 비록 푸른 것 속에, 강물 속에, 싯달타 속에 유일한 신적(神的)인 무엇이 감추어져 있다

---

* 요가베다 ; 요가는 정신 집중의 뜻. 정통 바라문교의 한 파인 요가파의 경전.
** 아탈바베다 ; 네 가지 베다 중 하나로 하층 계급의 풍속 신앙 중심으로 엮어진 제가(祭歌)의 수집.
*** 마라 ; 말라(末羅)라고도 번역하는데, 수행을 방해하려는 마귀를 말한다.
**** 마야 ; 환영(幻影)의 뜻.

해도, 여기 노랑빛, 여기 푸른빛, 저 하늘, 저 숲, 여기 싯달타가 존재하고 있는 것 자체가 신성의 본질이었다. 의미와 본질은 사물의 뒤쪽 어디엔가 존재하는 것이 아니라, 사물의 내부에 그리고 일체 속에 있었다.

'나는 얼마나 멍청하고 어리석었던가!'

그는 빠른 걸음으로 걸어가며 생각하였다.

'모름지기 누구든 글을 읽고 그 의미를 알고자 할 때에는 기호와 문자를 경시하지 않는다. 그것은 착각이요, 우연이며 값 없는 껍질이라 말하지 않으며, 그 문자 하나하나를 사랑하는 마음으로 음미하며 읽는다. 그런데 나는 어떠했던가? 세계의 책, 나 자신의 본질의 책을 읽고자 했을 때 미리부터 그 의미를 예상하고서 기호와 문자를 우습게 여겼다. 나는 현상계를 환상이라 하고 나의 눈과 혀를 무가치한 우연적 현상(現象)이라고 생각했었다. 하지만 이제 그런 일은 지나가 버렸다. 나는 지금 깨어났다. 진실로 나는 오늘에야 비로소 태어난 것이다.'

이러한 생각을 하면서 싯달타는, 마치 길가에서 뱀을 만난 듯이 문득 멈추어 섰다. 왜냐하면 바로 다음과 같은 생각이 불현듯 명백해졌기 때문이었다. 진실로 깨어난 자며 거듭난 자가 된 그는 그의 생활을 새로이 처음부터 시작해야만 한다. 그날 아침 각성자가 되어 기원을, 붓다의 성림을 떠나올 때만 해도 수년 간 고행의 도(道)를 닦은 후 고향의 아버지에게로 되돌아가는 것이 그의 의도였다. 그리고 그것은 스스로에게도 자연스럽고 자명한 일로 생각되었었다. 그러나 지금, 마치 길가에서 뱀을 만난 듯 우뚝 서서 이런 통찰을 한 것이다.

'나는 이미 지난날의 내가 아니다. 나는 지금 이미 고행자도 아니요, 승려도 아니요, 브라만도 아니다. 이제 집에 돌아가 아버지 곁에서 무엇을 한단 말이냐? 수업(修業)을 할까? 제사를 지낼까? 참선을 할까? 이 모든 일은 이미 지나간 일이며 이 모든 것은 이미 나의 길이 아니다.'

싯달타는 꼼짝도 하지 않고 서 있었다. 그리고 한 순간 그의 심장은 얼어붙었다. 그는 자기가 얼마나 고독한가를 깨닫자, 작은 짐승처럼, 한 마리 새나 토끼처럼 가슴속이 얼어붙어옴을 느꼈다. 여러 해 동안 고향을 등지고 살았지만 그런 감정을 느껴보기는 처음이었다. 그런데 지금 그는 그렇게 느꼈다. 아무리 멀리 떨어져 있어도 여전히 그는 아버지의 아들이었고 브라만이요, 상류 계급이요, 지식 있는 자로 머물러 있었다. 그런데 이제는 오로지 각성자 싯달타일 뿐, 그 외엔 아무것도 아니었다.

그는 깊이 숨을 들이마셨다. 그리고 한 순간 얼어붙듯 전율을 느꼈다. 그 어떤 사람도 싯달타와 같이 완전히 혼자인 사람은 없었다. 귀족이나 직공에 속해 있지 않으면서 그들 틈에 끼어 어울려 생활하며 그들의 언어를 쓰는 사람일지라도 그토록 외로울 수는 없으리라. 브라만 족에 속해 있지 않으면서 브라만과 더불어 사는 사람일지라도, 사문의 신분에서 안식처를 찾지 못한 고행자일지라도 그토록 혼자일 수는 없을 것이다. 또한 숲 속에 홀로 떨어져 사는 은둔자일지라도 그토록 혼자이고 외롭지는 않을 것이다. 어디엔가 속해 있는 사물이 그를 에워싸고 있고, 그 자신도 자기에게는 고향인 어떤 신분에 속해 있는 것이었다. 고오빈다는 승려가 되었으나 수천의 승려가 고오빈다의 형제가 되어 같은 옷을 입고 같은 신앙을 가지고 있고, 같은 언어로 말하고 있지 않은가? 하지만 그는, 싯달타는 어디에 속해 있는 것인가? 누구와 더불어 함께 생활하며 이야기를 나눌 것인가?

그를 에워싸고 있는 세계가 자기로부터 사라져 없어지고 오로지 혼자만이 마치 하늘에 뜬 외로운 별처럼 서 있던 바로 그 순간, 냉혹과 절망의 그 순간 싯달타는 이전보다 더욱 많은 자아를 가지고 굳게 뭉쳐서 위로 솟아올랐다. 그는 이것이야말로 각성의 최후의 전율이요, 탄생의 마지막 경련이라고 느꼈다. 그리고 그는 걸음을 재촉하였다. 서둘러서 초조하게 걷기 시작했다. 다시는 집과 아버지 곁으로 돌아가지 않으리라.

제2부

카마라

싯달타는 걸어가며 떼어 놓는 발걸음마다 새로운 것을 배웠다. 세상이 변해 가고 그의 마음은 매혹당하고 있었기 때문이었다. 그는 태양이 숲 언덕에서 떠올라 저 멀리 해변 종려나무 숲으로 지는 것을 보았다. 그는 또 밤이 되어 하늘에 총총히 빛나는 별들을 보았으며, 초승달이 쪽배처럼 푸른 하늘에 떠 있는 것을 보았다.

그는 또 보았다. 나무, 별, 짐승, 구름, 무지개, 바위, 풀, 꽃, 시내와 강, 아침 이슬에 반짝이는 풀숲, 희미하게 모습을 드러내는 푸르고 아득히 높은 산, 지저귀는 새, 붕붕거리는 벌, 논 위로 부는 은빛 바람, 천태만상의 이 모든 것은 이전에도 언제나 있어 왔다. 해와 달은 언제나 비치고 있었고, 강물은 언제나 흐르고 벌 떼들은 언제나 붕붕거리고 있었다. 그렇지만 그 모든 것이 지나간 날의 싯달타에게는 눈앞에 내려쳐진 한낱 허망하고 기만에 싸인 베일에 지나지 않았었다. 그 모든 것이 불신으로 관찰되고, 사고(思考)로 채워져 무(無)로 변할 수밖에 없었던 것이다.

왜냐하면 그 모든 것은 본체가 아니며, 본체는 눈으로 볼 수 없는 뒤쪽에 놓여 있다고 믿었기 때문이었다. 그러나 이제 해탈한 그의 눈은 이 세상에 머물러 모든 것을 보고 눈에 보이는 세계를 인식하고, 이 세상에서 고향을 찾았다. 다시는 본체를 추구하거나 저세상을 목표로 삼지는 않았다. 이렇게 관찰하고 구함이 없이, 단순하게 어린아이처럼 세상을 바라보면 세상은 아름다운 것이었다. 달과 별은 아름다웠다. 시내와 강언덕도 아름다웠고, 숲과 바위도, 염소와 황금벌레도, 꽃과 나비도 아름다웠다. 이렇게 어린아이처럼, 이렇게 각성되어 자신과 가까운 것에 마음을 열고 의심 없이 세상을 걸어간다는 것은 바람직하고 아름다운 일이었다.

머리 위에서 불타는 태양도 전과는 달랐으며, 숲 속 그늘의 서늘함도 전과 달랐고, 시내와 연못, 호박과 바나나도 전과 향취가 달랐다. 낮도 짧고 밤도 짧아, 시간이 보물과 기물을 가득 싣고 바다 위를 달리는 배처럼 쏜살같이 흘러 지나갔다. 싯달타는 무성한 숲 언덕의 높은 가지 위에서 원숭이의 무리가 희롱하는 것을 보았고, 사납고 게걸스럽게 울부짖는 소리를 들었다. 싯달타는 숫양이 암양을 따라가 교미하는 것을 보았다. 그는 또 갈대가 무성한 호수에서 수달에게 쫓기어 불안에 싸여 팔딱이는 잔 물고기 떼가 물 속에서 번득이며 도망치는 것을 보았다. 난폭하게 쫓아가는 물고기가 일으키는 격렬한 파문으로부터는 힘과 정열의 향내가 물씬 풍겨져 왔다.

이 모든 것은 항상 거기에 존재했던 것이다. 그런데 그가 그것을 보지 못했을 뿐이었다. 마음이 거기에 없었기 때문이었다. 그런데 지금 그는 마음이 거기에 있으며 거기에 속해 있었다. 그의 눈으로 빛과 그림자가 흘러들었고, 그의 심장으로는 별과 달이 흘러들었다.

싯달타는 걸으며 기원에서 체험했던 모든 일을 회상하였다. 그곳에서 들은 설법, 성자 붓다, 고오빈다와의 작별, 그리고 세존과의 대화, 그 모든 것을 회상하였다. 그는 세존에게 했던 자기 자신의 말을 한마디 한마디 생각해 보았다. 그리고는 그 당시 근본적으로는 자신도 알지 못했던 사실에 대해 말한 것을 생각하고 내심 놀라지 않을 수 없었다. 그가 고오타마에게 한 말——붓다의 보물과 비밀은 그 가르침이 아니라 붓다 자신의 각성의 순간에 체험했던 것, 말로 형용할 수 없고 가르쳐 전달할 수 없는 것에 있다고 한 말——을 이제야 그가 비로소 그것을 체험하러 길을 떠나고 있고, 그것을 체험하기 시작했던 것이다.

이제 그는 자기 자신을 체험해야만 한다. 물론 그는 이미 자아란 아트만이며 범(梵)과 같은 영원한 본질로부터 연유하였음을 알고 있었으나, 그는 그 자아를 사고(思考)의 그물로 잡으려 했던 까닭에 진실로는 그것을 발견한 적이 없었다. 분명코 자아란 육체는 아니었다. 따라서 감각의 유희는 아니었다. 그러나 또한 자아란 사고도, 이성

(理性)도, 결론을 이끌어내며 기존의 사상으로부터 새로운 사상을 자아내는 습득된 지혜도, 습득된 기술도 아니었다. 아니, 이 사고의 세계 역시 여전히 이 세상이었다. 그리하여 감각이라는 우연한 자아를 죽이고, 그 대신 사고와 박학이라는 자아를 살찌게 한다 할지라도 궁극의 목표에 이를 수 있는 것은 아니다. 사고와 감각, 양자 모두 아름다운 사물이어서 이 두 사물의 배후에 궁극의 뜻이 감추어져 있었다. 이 두 가지는 모두 들을 가치가 있는 것이며 둘 다 가지고 놀기에 가치가 있고, 둘 다 경시하거나 과대평가할 것 없이, 그 둘 속에 내재한 심부의 신비스러운 목소리에 귀기울일 가치가 있는 것이었다.

그는 음성이 추구하도록 명하는 것이 아닌 어떠한 행위에도 뜻을 두려 하지 않았고 이 음성이 명하는 곳이 아닌 어떠한 장소에도 머무르고 싶지 않았다. 왜 고오타마는 일찍이, 거룩한 시간에 저 보리수 밑에 정좌하여 대오각성할 수 있었던가? 그는 어떤 음성을 들었기 때문이다. 그 나무 밑에서 안식을 찾으라고 명하는 마음의 음성을 들었던 것이다. 그리하여 그는 금욕도 하지 않고, 제사도 지내지 않고, 목욕이나 기도도 드리지 않고, 먹지도 마시지도 않고, 잠을 자거나 꿈을 꾸지도 않으며 그 음성에 따랐을 뿐이었다. 외부의 명령에 따르지 않고 오로지 이 음성을 따르는 것, 그렇게 할 마음의 자세가 되어 있다는 것, 그것은 훌륭한 일이었고 필요한 일이었다. 그 이외의 어느 것도 필요하지 않았다.

밤이 되어 강가 어느 뱃사공의 초가에서 잠이 들었을 때 싯달타는 꿈을 꾸었다. 고오빈다가 고행자의 누런 가사를 입고 그의 앞에 서 있었다. 슬픈 표정의 고오빈다는 나직한 어조로 물었다.

「왜 너는 나를 버렸느냐?」

그러자 그는 고오빈다를 두 팔로 휘감아 끌어안았다. 그가 고오빈다를 가슴으로 바싹 끌어당기며 입을 맞추자, 그것은 이미 고오빈다가 아니고 한 사람의 여인이었다. 여인의 옷깃 사이로는 풍만한 젖가슴이 샘솟고 있었다. 싯달타는 그 가슴에 파묻혀 젖을 빨았다. 젖에서는 감미로운 맛이 났다. 그것은 여자와 남자, 태양과 숲, 동물과 꽃, 온갖 과일, 온갖 쾌락의 맛을 지니고 있었다. 그것이 그를 도취시켜 의식을 빼앗아 갔다. 싯달타가 잠에서 깨어났을 때는 오두막의 문틈으로 뿌연 강물 빛이 비쳐 들어왔으며 숲 속에서는 음산한 부엉이의 울음소리가 깊고 우렁차게 울려왔다.

날이 새자, 싯달타는 그를 재워 준 뱃사공에게 강을 건네 달라고 부탁했다. 뱃사공은 그를 대나무 뗏목에 태워 강을 건네 주었다. 넓은 강물이 아침 햇살을 받아 붉게 반짝이고 있었다.

「참 아름다운 강이군요.」

그는 뱃사공에게 말하였다.

「그렇소이다.」

뱃사공이 대답하였다.

「참으로 아름다운 강이지요. 나는 무엇보다 이 강을 사랑합니다. 나는 때때로 이 강물의 소리를 들으며 강물의 눈을 들여다보지요. 그러면서 항상 강에게서 배웁니다. 강으로부터 배울 것이 참 많습니다.」

「감사하오, 나의 은인이여.」

싯달타는 강 건너에 이르자 말하였다.

「나는 당신에게 선물도, 삯도 줄 수가 없소이다. 나는 고향을 떠난 방랑인으로 브라만의 아들이며 사문이오.」

「알고 있었소이다.」

뱃사공은 말하였다.

「처음부터 당신에게 삯이나 선물을 바란 것이 아니었소. 당신이 언젠가 나에게 그것을 갚을 때가 있을 것입니다.」

「그러리라 믿으시오?」

싯달타는 웃으며 말하였다.

「물론이지요. 그것 역시 강으로부터 배웠소이다. 모든 것은 다시 돌아오는 법입니다. 사문이여, 당신도 되돌아올 것입니다. 그럼 안녕히 가십시오. 나에게 우정을 가지는 것으로 삯을 대신하도록 하시지요. 신에게 제사를 지낼 때면 이 사람의 복도 함께 빌어 주십시오.」

미소를 지으면서 그들은 작별하였다. 싯달타는 뱃사공의 친절과 우정에 감사하였다.

'그는 고오빈다와 같은 사람이다.'

싯달타는 웃음을 머금으며 생각하였다.

'길에서 만나는 사람은 모두 고오빈다 같거든. 그들은 자신들이 감사를 받아야 할 처지이면서도 감사하는 마음으로 가득 차 있다. 모두들 겸허하고, 기꺼이 친구가 되고, 기꺼이 복종하며, 생각을 많이 해주는구나. 그들은 어린아이와 같다.'

점심때가 되어 그는 어느 마을을 지나게 되었다. 진흙으로 빚어지은 오두막 앞 골목에서 어린아이들이 뒹굴고 있었다. 그들은 호박씨와 조개껍질을 가지고 놀며 고함을 지르고 맞붙어 싸우다가는 웬 낯선 사문이 나타나자 모두들 도망을 쳤다. 마을 끝에는 냇가로 통하는 길이 있고, 그 시냇가에서는 한 젊은 아낙이 쪼그리고 앉아 빨래를 하고 있었다. 싯달타가 인사를 하자 그녀는 머리를 들어 미소 지으며 싯달타를 쳐다보았다.

그때 그는 그녀의 눈 속에서 흰자위가 번득이는 것을 보았다. 그는 길손의 관습에 따라 축원의 말을 보내며 큰 마을까지는 얼마나 더 가야 하는지를 물었다. 그러자 그녀는 일어서서 그에게로 다가왔다. 젊음이 넘치는 그녀의 얼굴에서 촉촉한 입술이 아름답게 빛나고 있었다. 그녀는 싯달타에게 농담을 건넸다. 식사를 했느냐고, 사문들은 숲 속에서 홀로 밤을 지낼 때 여자를 가까이하면 안 된다고 하는데 그것이 사실이냐고 물었다. 그러면서 그녀는 자기의 왼쪽 발을 싯달타의 오른쪽 발에 올려놓고 그를 유혹하였다. 소위 사랑의 기교를 가르치는 성전에서 '나무 오르기'라고 칭하는 애무의 형태를, 남자한테 바랄 때 여자가 하는 몸짓을 해 보였다. 싯달타는 피가 끓어오르는 것을 느꼈다. 그리고 그 순간 지난 밤의 꿈이 생각나 여자에게 약간 몸을 굽혀 여자의 불그스레한 젖꼭지에 입을 맞추었다. 눈을 들어 바라보니 그녀의 얼굴은 욕정으로 가득 차 미소 짓고 있었고 갈망으로 가늘게 뜬 눈에는 애원의 빛이 서려 있었다.

싯달타 역시 정욕을 느꼈고, 성(性)의 샘이 용솟음침을 느꼈다. 그러나 아직껏 한 번도 여자와 접촉해 본 적이 없는 그는 두 손으로 어느새 여자를 껴안으려 마음 먹었으면서도 잠시 망설였다. 그런데 그 순간 그는 전율을 느끼면서 내심의 소리를 들었다. 그러면 안 된다고 말하는 내면의 음성을. 그러자 미소 짓는 젊은 여인의 얼굴에서 풍기던 온갖 매력도 사라지고, 대신 발정기 암컷의 빛나는 눈초리만 보일 뿐이었다. 그는 다정하게 여인의 뺨을 어루만져 주고는 몸을 돌려, 실망한 여인을 뒤에 두고 대나무 숲 속으로 걸음을 재촉하였다.

그날 해지기 전에 그는 어느 마을에 당도하였다. 사람이 무척 그리웠던 그는 말할 수 없이 기뻤다. 오랫동안 숲 속에서만 살아왔던 것이다. 간밤에 잔 뱃사공의 초가집이 그나마 인가로서는 처음이었다.

마을 어귀, 아름답게 울타리 쳐진 숲 근처에서 이 방랑자는 바구니를 이고 가는 한 무리의 하인들과 하녀들을 만났다. 네 사람이 메고 가는 화려한 가마 속에는 빨간 보료를 깔고 하인들의 시중을 받는 아름다운 한 여인이 앉아 있었다. 싯달타는 정원 입구에 서서 그 행렬을 바라보았다. 하인과 하녀들을 보았으며 바구니와 가마를 바라보았다. 그리고 가마 속에 탄 귀부인을 보았다. 얌전히 땋아 올린 검은 머리카락 밑으로 맑고 부드럽고 지혜로운 얼굴이 보였다. 빨간 입술은 방금 나무에서 딴 신선한 무화과 같았으며, 초승달처럼 둥글게 다듬어 그려진 눈썹은 검은 눈동자를 더욱 슬기롭고 영리하게 보이도록 했다. 초록과 금빛 저고리 위로 새하얀 목덜미가 살짝 보였고, 손목에 넓은 황금 팔찌를 두른 가늘고 긴 손이 얌전하게 놓여 있었다.

아름다운 여인의 모습을 보고 싯달타의 마음은 즐거웠다. 가마가 그에게 다가왔을 때 그는 깊숙이 허리를 굽혀 인사하였고 몸을 일으키며 맑고 사랑스러운 여자의 얼굴을 쳐다보았다. 그 순간 그는 여인의 지혜로운 눈빛을 읽었고 지금껏 알지 못했던 한 줄기 향내를 맡았다. 한순간 그 아름다운 여인은 미소를 지으며 목례를 하더니 정원 속으로 사라져 버렸다. 그리고 그 뒤를 따라 하인들도 사라졌다.

'나는 길조(吉兆)와 함께 이 마을에 들어오게 되었구나.' 하고 싯달타는 생각하였다. 그는 당장 정원으로 뒤따라 들어가려다 문득 발을 멈추었다. 그리고 그때서야 비로소 문 앞에서 하인과 하녀들이 자기를 얼마나 의심하고 배척하며 대했던가 하는 생각이 났다.

'아직도 나는 일개 사문에 불과하다. 여전히 나는 고행자이며 걸인에 지나지 않는다. 이런 모습으로는 머무를 수도 없고 정원 안으로 들어설 수도 없는 것이다.'

싯달타는 이렇게 생각하였다.

그는 웃었다. 그리고 길에서 만난 첫 번째 사람에게 이 정원과 그 여인에 대해 물었다. 그리하여 이 정원은 유명한 기생 카마라의 별장이며, 그녀는 이 정원말고도 시내에 또 다른 저택을 가지고 있다는 것을 알아냈다.

싯달타는 시내로 들어섰다. 이제 그는 목표를 갖게 된 것이다. 이 목표를 따라 그는 시내로 들어가 골목의 인파 속에 휩쓸렸고 광장에 묵묵히 서 있다가 때로는 강언덕 돌층계에서 쉬기도 하였다.

해질 무렵, 그는 어떤 이발 조수와 친해지게 되었다. 이 조수는 어느 아치형 건물의 그늘에서 일하고 있던 자였는데, 비슈누*를 모시는 사원에서 기구(祈求)하고 있는 모습을 본 싯달타가 그 조수에게 비슈누와 락슈미**의 내력에 관해 이야기해 주었다. 싯달타는 그날 밤을 강가의 조그만 배 안에서 지내고 이튿날 일찍 손님이 오기 전에 이발소에 들렀다. 그 조수에게 부탁하여 수염을 깎고 머리를 매만지고 빗질을 하고 고급 향수를 발랐다. 그리고 나서 그는 강으로 가서 목욕을 하였다.

늦은 오후, 아름다운 카마라가 가마를 타고 그녀의 별장에 이르렀을 때 싯달타는 별장 입구에 서 있다가 허리 굽혀 절을 하고는 카마라의 응답을 받았다. 그는 일행 중 맨 뒤의 하인을 눈짓으로 불러 한 젊은 브라만이 여주인과 이야기를 나누고 싶어한다는 뜻을 전해 달라고 부탁하였다. 잠시 후 되돌아온 하인이 기다리고 있던 싯달타를 보고 자기를 따라오라 말하고는 묵묵히 그를 인도하여 한 정자로 데

---

* 비슈누(Vishnu) ; 인도 신화 속의 천신(天神), 태양신. 현재 세력 있는 교파이다.
** 락슈미(Lakschmi) ; 인도 여신의 하나. 부(富)의 여신.

싯달타 73

리고 갔다. 카마라는 침상에 누워 있었다. 카마라는 하인을 보내고 싯달타만 자기 곁에 남게 하였다.

「당신은 어제도 밖에 서서 저에게 인사를 하지 않았던가요?」
카마라가 물었다.

「그렇소. 나는 어제도 당신을 보고 인사를 했었소.」

「그렇지만 어제 당신은 수염을 기르고 있었고 긴 머리에다 머리카락은 먼지투성이였는데요?」

「잘 보셨소. 보신 바 그대로였소. 당신은 사문이 되려고 고향을 떠나 삼 년 간이나 사문 노릇을 했던 브라만의 아들 싯달타를 본 것이오. 하지만 이제 나는 그 길을 버리고 이 고을로 왔는데, 미처 이 도시에 들어서기도 전에 만난 최초의 인물이 당신이었소. 당신을 찾아온 것은 이 말을 하기 위해서였소. 오, 카마라! 당신은 이 싯달타가 눈을 내리뜨고 말을 건넨 최초의 여인이오. 아무리 아름다운 여인을 만난다 해도, 나는 절대로 눈을 내리뜨지 않을 것이오.」

카마라는 미소를 지으며 공작털로 된 부채를 만지작거렸다. 그리고 물었다.

「그럼 단지 그 말씀을 하시려고 저에게 오셨는가요?」

「그 말을 하기 위해서 왔소. 아울러 당신이 그토록 아름답다는 사실에 대해 당신한테 감사하려고 왔소. 불쾌하지만 않다면 카마라, 나의 친구요, 스승이 되어 주기를 청하고 싶소. 당신이 통달하고 있는 방면에 관해서 나는 완전히 문외한이기 때문이오.」

그러자 카마라는 소리 내어 웃었다.

「이런 일은 지금껏 한 번도 없었습니다. 숲 속에서 나온 사문이 저에게서 배우려고 하다니요. 장발의 사문이 남루한 옷을 걸치고 저를 찾아온 적은 한 번도 없었습니다. 많은 청년들이 저에게 옵니다. 그들은 훌륭한 옷을 입고 고급 신발을 신고 옵니다. 머리에는 냄새 좋은 향유를 뿌리고 지갑에 돈을 채워 가지고 오지요. 사문이시여, 저에게 오는 젊은이들은 이렇답니다.」

싯달타는 말하였다.

「나는 벌써 당신한테서 배우기 시작하였소. 어제부터 이미 배웠던 것이오. 나는 이미 수염을 깎아 버렸고 머리를 빗어 기름을 발랐소. 좋은 의복과 좋은 신, 주머니에 든 돈, 그런 것이 부족할 뿐이오. 당신이여, 알아두시오. 싯달타는 이런 하찮은 일보다 훨씬 힘든 일을 계획하여 그것을 성공시켰소. 그러니 어찌 마음에 품게 된 일을 성취하지 못하겠소! 당신의 친구가 되어 당신에게서 사랑의 기쁨을 배우고자 하는 이 계획 말이오. 당신은 내가 가르칠 만한 제자라는 것을 알게 될 것이오, 카마라. 당신이 내게 가르쳐 주려는 것보다 훨씬 힘든 일을 나는 배워 왔소. 자, 그런데 머리에 기름은 발랐지만 옷이 없고 신이 없고 돈이 없는, 있는 그대로의 지금의 이 싯달타가 당신에게는 흡족하지 않겠구려.」

카마라는 웃으면서 큰소리로 말했다.

「네, 부족합니다. 우선 옷이 있어야겠어요. 그것도 좋은 옷이어야

되지요. 또한 신도 예쁜 신발이어야 하고, 이 카마라를 위한 많은 돈과 선물이 있어야 합니다. 이제 아셨습니까? 숲에서 온 사문이시여, 이제 깨달으셨나요?」

「잘 알아듣겠소.」

싯달타는 말하였다.

「그토록 아름다운 입에서 흘러나오는 말을 어찌 못 알아듣겠소! 그대의 입은 무르익은 신선한 무화과 열매 같소, 카마라. 당신도 알게 되겠지만 나의 입도 붉고 신선하여 당신의 입과 잘 어울릴 것이오. 하지만 아름다운 카마라, 말해 보시오. 당신은 사랑을 배우려고 숲에서 온 이 사문에 대해 아무런 공포도 느끼지 않소?」

「숲 속의 이리 떼로부터 나온, 여자가 무엇인지 전혀 알지 못하는 어리석은 사문에 대해 대체 공포를 느낄 까닭이 있나요?」

「오! 이 사문은 강하지요. 그리고 아무것도 무서워하지 않소. 그는 당신을 정복할 수도 있어요. 아름다운 아가씨, 당신을 욕되게 할지도 모르오. 그는 당신을 슬프게 할지도 모르오.」

「아닙니다, 사문이시여. 나는 그것을 두려워하지 않습니다. 사문이나 브라만 가운데, 누군가가 자기를 결박해 놓고 자기의 학식과 신앙과 통찰력을 탈취해 갈세라 두려워하는 자가 있겠습니까? 아닙니다. 그런 것들은 오로지 자기에게만 속해 있어, 자기가 주고자 하는 것만을 주고 싶은 사람에게만 줄 수 있는 까닭입니다. 카마라 역시 마찬가지예요. 그리고 사랑의 환희에 있어서도 이와 꼭 마찬가지입니다. 카마라의 입술은 붉고 아름답습니다. 그렇지만 카마라의 의사에 거역하여 그 입에 키스한다면 그토록 많은 감미로움을 줄 줄 아는 그 입에서 당신은 한 방울의 단맛도 얻지 못할 것입니다. 싯달타, 당신은 학식이 풍부하니 이 점도 배워 두세요. 사랑은 애원하여 얻을 수도 있고 살 수도 있으며 선사받을 수도 있고, 골목에서 찾을 수도 있으나 감탄할 수는 없는 것이에요. 당신은 그릇된 방도를 생각하신 것이지요. 아니, 당신같이 멋진 청년이 그렇게 함부로 덤벼든다면 참 유감스러운 일일 것입니다.」

싯달타는 미소 지으며 고개를 숙였다.

「그건 정말로 유감스러운 일이오. 당신의 말이 정말 옳소. 당신의 입은 내게로 한 방울의 단맛도 새어나가게 하지 않을 것이오. 마찬가지로 나의 입에서 당신에게도! 그럼 이렇게 하겠소. 싯달타는 부족한 것을 갖춘 다음에 다시 오겠소. 의복과 구두와 돈을 갖추겠소. 하지만 사랑하는 카마라, 당신이 나한테 조언을 해줄 수 있겠소?」

「조언이라고요? 해드려야죠. 이리의 무리를 떠나 숲에서부터 온 가난하고 무지한 사문에게 그 누가 조언을 거절하겠습니까?」

「사랑하는 카마라, 그럼 나한테 말해 주시오. 가장 빨리 이 세 가지 물건을 얻으려면 어디로 가야 되겠소?」

「친구여, 많은 사람들이 그것을 알고 싶어합니다. 당신은 지금까지 당신이 배운 것으로 돈을 벌도록 해야지요. 의복이나 구두도 마찬가지지요. 가난한 사람이 돈을 갖는 방법은 이 밖에 다른 것이 없습니다. 그럼 대체 당신은 무엇을 할 줄 아시나요?」

「나는 사고(思考)할 수 있소. 나는 기다릴 수 있소. 나는 금식할 수 있소.」

「그뿐이에요?」

「아, 또 있군요. 나는 시를 지을 수 있소. 나의 시 한 수에 한 번의 입맞춤을 허락해 주겠소?」

「당신의 시가 제 마음에 든다면 그렇게 하지요. 어떤 시인가요?」

싯달타는 잠시 생각에 잠기더니 이런 시를 읊었다.

녹음진 정원으로 들어서는 아름다운 카마라
정원 입구에 햇빛에 그을린 한 사문이 서서
한 송이 수련을 보듯 깊숙이 몸 굽혀 절하니,
카마라 미소를 머금고 답하였어라.
청년은 생각하였네――그 일은 신을 섬기기보다 한결 아름다우리라.
아름다운 카마라를 섬기는 그 일은.

카마라가 기쁨에 넘쳐 손뼉을 치자 손목의 황금 팔찌가 쩔렁거리는 소리를 냈다.

「당신의 시는 아름답습니다. 그을린 피부의 사문이여, 실로, 그 시의 대가로 저의 입술을 드린다 해도 저는 아까울 것이 없습니다.」

여인은 눈짓으로 싯달타를 자기 곁으로 끌어당겼다. 사나이는 여인의 얼굴 위로 자기의 얼굴을 숙여, 무르익어서 터진 무화과 열매 같은 여인의 입술에 자기의 입술을 포개었다. 카마라는 오랫동안 입을 맞추었다. 그러면서 싯달타는 깊은 경이를 느꼈다. 그녀는 너무나 훌륭한 스승이며 너무나 현명한 여인이었다.

그녀는 그를 마음대로 지배하기도, 물리치기도, 또 유혹하기도 했다. 뿐만 아니라 이 첫키스 뒤에는 능란하고 오묘한 여러 가지 키스들이, 각기 서로 다른 맛을 지니고 싯달타를 기다리고 있었다.

그는 한숨을 내쉬며 꼼짝 않고 서 있었다. 그리고 그 순간 눈앞에 펼쳐진 지식과 배워야 할 교훈을 깨닫고 어린아이처럼 경악했다.

「당신의 시는 굉장히 아름답습니다.」

카마라는 외쳤다.

「제가 부자라면 그 대가로 당신한테 금화를 드렸을 거예요. 그렇지만 시를 가지고 당신이 필요한 만큼 많은 돈을 벌기는 어려울 것입니다. 카마라의 단골이 되려면 무척 많은 돈이 필요할 테니까요.」

「카마라, 그대는 어떻게 그런 키스를 할 줄 아오?」

싯달타는 더듬거리며 말하였다.

「그래요. 저는 그 방법을 잘 알고 있습니다. 그로 인해서 제게는 의복이며 신, 팔찌 그 밖에 온갖 아름다운 물건이 얼마든지 생기는 거예요. 그런데 당신은 대체 무엇을 할 줄 아시나요? 사고(思考)와 단식, 시를 짓는 것 이외에는 다른 아무것도 할 줄 모르시나요?」

「제식에서 부르는 노래도 할 줄 압니다.」

싯달타는 대답하였다.

「그렇지만 이제 다시는 그것을 안 부를 작정이오. 나는 또 주문(呪文)을 외울 줄 알고 있지만 이젠 그런 주문도 외우지 않을 작정이오. 그리고 나는 글을 좀 읽었소.」

「잠깐만.」

카마라는 그의 말을 중단시켰다.

「읽는 법을 아신다고요? 쓸 줄도 아십니까?」

「물론이지요. 그것을 할 수 있는 사람은 아주 많지요.」

「대부분의 사람들은 그것을 할 줄 모릅니다. 저 역시 쓸 줄 모릅니다. 당신이 읽고 쓸 줄 아신다는 것은 참으로 잘된 일입니다. 또 주문을 외울 수 있다는 것도 어쩌면 도움이 될지 모르겠어요.」

그 순간 하녀가 달려와 여주인에게 귀엣말로 무슨 보고를 하였다.

「손님이 왔습니다.」

카마라는 말하였다.

「서둘러 피해 주십시오, 싯달타. 누구의 눈에도 띄어서는 안 됩니다. 주의해 주세요! 내일 다시 뵙겠습니다.」

그러더니 카마라는 하녀에게, 이 경건한 브라만에게 흰색 윗도리를 갖다 드리라고 명하였다. 싯달타는 무슨 영문인지도 모르고 하녀에게 끌려 빙빙 돌아 어느 정자로 옮겼으며 거기서 윗도리를 갈아입고 숲 속으로 안내를 받아 즉시 아무의 눈에도 띄지 않게 정원 밖으로 사라지라는 간절한 경고를 들었다.

싯달타는 느긋한 마음으로 시키는 대로 했다. 숲에 익숙한 그는 소리 없이 울타리를 넘어 정원을 빠져 나왔다. 옷을 벗어서 팔에 낀 채 그는 시내로 돌아왔다. 그는 어느 여인숙 문 앞에 서서 묵묵히 먹을 것을 청하였고 역시 말없이 떡 한 조각을 받아 들었다. 그리고 아마 내일부터는 더 이상 먹을 것이 필요없으리라고 생각하였다.

문득 그의 마음속에서 자부심이 불타올랐다. 그는 이제 사문이 아니기에 무엇을 구걸한다는 것은 그에게 어울리지 않는 일이었다. 그는 떡을 개한테 던져 주고 먹지 않았다. 싯달타는 생각했다.

'속세에서 사람들이 영위하는 삶이란 간단하다. 거기에는 어려운 점이 없다. 내가 사문이었을 때는 만사가 어렵고 힘이 들며 그 종말에는 결국 아무런 희망이 없었다. 그런데 지금은 모든 것이 쉽다. 카마라가 내게 가르쳐 준 입맞춤의 수업처럼 쉽다. 나는 옷과 돈이 필요할 뿐, 그 밖에는 아무것도 필요하지 않다. 그것은 가장 시급한 목표이나 잠을 앗아갈 정도의 것은 아니다.'

한참 걸려서 그는 시내에 있는 카마라의 집을 찾아냈다. 그리고 그 다음날 그곳으로 갔다.

「참 잘됐습니다.」

카마라가 그를 맞으며 말했다.

「카마스바미가 당신을 기다리고 있습니다. 그는 이 도시에서 가장 돈이 많은 상인이지요. 만일 당신이 그의 마음에 든다면, 그는 당신을 써 줄 거예요. 잘해 보세요, 그을은 피부의 사문이시여. 제가 다른 사람의 입을 통해 당신에 대한 이야기가 그의 귀에 들어가도록 했어요. 그에게 친절하게 대하십시오. 그는 대단히 세도 있는 사람이지요. 그렇지만 지나치게 비굴하지는 마십시오. 당신께서 그의 하인이 되는 것을 저는 원치 않습니다. 당신은 그와 대등한 위치에 있어야 합니다. 그렇지 못하면 저는 당신에 대해 만족할 수가 없으니까요. 카마스바미는 늙고 게을러지기 시작했으니 당신이 자기 마음에 들기만 한다면 그는 당신에게 많은 일을 맡길 것입니다.」

싯달타는 그녀에게 고맙다고 말했다. 그녀는 싯달타가 어제 오늘 아무것도 먹지 않았다는 사실을 알고 빵과 과일을 가져오도록 했다.

「당신은 운이 좋았습니다.」

그녀는 작별하면서 말하였다.

「문이 차례로 당신을 위해 열리는군요. 어쩐 일일까요? 혹시 당신은 무슨 요술을 부리는 게 아닌가요?」

싯달타는 말하였다.

「어제 당신한테 나는 사고할 줄 알고, 기다릴 줄 알며, 금식할 줄 안다고 말했었소. 그때 당신은 그것이 아무 소용없는 것이라고 여겼었소. 하지만 그것은 여러 면으로 필요하오, 카마라. 그 점을 당신도 차츰 알게 될 것이오. 숲 속의 어리석은 사문들도 당신들에게는 불가능한 많은 훌륭한 일을 배우고 행할 수 있다는 것을 당신도 알게 될 것이오. 그저께만 해도 나는 수염도 깎지 않은 걸식승이었으나 어제 벌써 카마라와 키스를 했소. 그리고 이제 곧 나는 상인이 되어 당신이 중요하다고 여기는 돈과 모든 물건을 손에 넣을 것이오.」

「그럴지도 모르지요.」

카마라가 대꾸하였다.

「그렇지만 제가 없었다면 당신은 어떻게 되셨을까요? 카마라가 당신을 도와드리지 않았다면 당신은 어떻게 되셨을까요?」

「사랑하는 카마라.」

싯달타는 말하며 몸을 일으켰다.

「내가 당신을 찾아 당신의 정원 안으로 들어섰을 때, 이미 나는 첫발을 내디딘 것이오. 이 더없이 아름다운 여인에게서 사랑을 배워야겠다는 나의 의도였소. 그리고 그렇게 의도한 그 순간부터 나는 기필코 계획을 실현시키리라는 것도 깨닫고 있었소. 당신이 나를 도와주리라는 것을 나는 알았었소. 정원 입구에서 당신을 처음 보던 그 순간에 벌써 깨달았던 것이오.」

「만일 제가 그러기를 원하지 않았다면?」

「당신은 그것을 원하였소. 보시오, 카마라. 만약 당신이 돌을 하나 물 속에 던지면 그 돌은 곧장 물 밑바닥에 가라앉을 것이오. 싯달타가 어떤 의도를 품으면 그렇게 되고 말지요. 싯달타는 아무런 행동도 하지 않고 그저 기다리고 사고하며, 금식할 뿐이오. 그렇지만 물을 꿰뚫는 돌멩이처럼 세계의 사물을 꿰뚫고 지나가지요. 아무 행동도 하지 않고, 움직이지도 않고서 말이오. 그는 끌리는 대로 그곳에 몸을 맡기지요. 그의 목표가 그를 끌어당기고 있소. 왜냐하면 그는 목표에 위배되는 일은 어떠한 것도 마음속으로 들여놓지 않기 때문이오. 싯달타가 사문에게서 배운 것은 바로 그것이오. 어리석은 자들은 그것을 마술이라느니 귀신의 힘이라느니 하지만 그런 것은 존재하지 않아요. 귀신이 작용해서 이루어지는 일이란 세상에 아무것도 없소. 귀신이란 존재하지 않는 것이오. 누구나 마술을 할 수 있고, 누구나 목표에 이를 수 있는 것이오. 생각하고 기다리고 금식할 수만 있다면 누구나 마찬가지요.」

카마라는 그의 말에 귀를 기울였다. 그녀는 그의 음성을 사랑하였으며 눈빛을 사랑하였다.

「아마 그럴는지도 모르지요.」

그녀는 나직이 말하였다.

「당신의 말대로일는지 모릅니다, 친구여. 그렇지만 어쩌면 싯달타가 미남이며 당신의 눈빛이 여자의 마음을 잡아 끌기 때문에 행복이 당신을 향해 마주 다가오는지도 모르지요.」

입을 맞추며 싯달타는 작별을 고하였다.

「그렇다면 좋겠소, 스승이여. 나의 눈빛이 항상 그대 마음에 들기를, 그리고 행운이 언제까지나 그대에게서 생겨나기를 바라오!」

소인들 곁에서

싯달타는 상인 카마스바미의 호화로운 저택을 찾아갔다. 그리고 하인의 안내를 받아 값진 융단이 깔린 복도를 지나 어떤 방안으로 들어서서 집주인을 기다렸다. 카마스바미가 들어섰다. 백발이 성성하고 민첩하고 융통성 있어 보이는, 조심성 있는 눈에 탐욕스러운 입을 가진 남자였다. 주인과 손님은 서로 정답게 인사를 나누었다.

「내가 들은 바로는.」

상인이 입을 떼었다.

「당신은 브라만이며 학자라던데 어찌하여 장사꾼 곁에서 일하기를 원하십니까? 브라만이여, 당신이 일자리를 찾는 것은 곤궁에 빠진 까닭입니까?」

「아닙니다.」

싯달타는 대답하였다.

「저는 곤궁에 빠진 것이 아닙니다. 또 지금까지 한 번도 곤궁에 빠진 적이 없습니다. 저는 사문에게서 온 사람임을 명심하십시오. 저는 그들 곁에서 오랫동안 살아온 사람입니다.」

「당신이 사문에서 오셨다면 어찌 곤궁에 빠지지 않을 수가 있겠습니까? 사문들은 원래 소유함이 없는 사람들이 아닌가요?」

「나는 가진 것이라고는 없습니다.」

싯달타는 대답하였다.

「당신이 생각하시는 그런 재산이라면 없습니다. 분명코 저는 무일푼입니다. 하지만 그것은 저의 자발적인 의사에서 비롯된 것이므로 곤궁에 빠졌다고 할 수가 없습니다.」

「한푼도 없으시다면 대체 어떻게 살아갈 작정이십니까?」

「저는 지금껏 그 문제에 대해서는 생각해 본 적이 없습니다, 주인이여. 저는 삼 년이 넘도록 무일푼으로 지내 왔으면서도 어떻게 살아야 할까 하는 점에 대해서는 한 번도 생각해 본 적이 없습니다.」

「그렇다면 당신은 다른 사람의 재산으로 살아온 것이로군요.」

「아마 그럴는지도 모릅니다. 뿐만 아니라 장사하는 당신도 역시 다른 사람의 재산으로 살고 있는 것이지요.」

「말씀 잘하셨습니다. 그렇지만 저는 다른 사람의 것을 공짜로 얻지는 않습니다. 그 대신 상품을 제공해 주니까요.」

「따지고 보면 이 세상 모두가 그런 관계에 있는 것 같습니다. 누구나가 주고받습니다. 그것이 곧 인생이지요.」

「이런 말씀을 드리는 것을 용서하십시오. 그렇지만 당신이 아무것도 가진 것이 없으시다면, 대체 무엇을 남에게 주시렵니까?」

「누구나가 자기가 가진 것을 줍니다. 무사(武士)는 힘을, 상인은 상품을, 스승은 가르침을, 농부는 곡식을, 어부는 물고기를 주는 것입니다.」

「훌륭한 말씀입니다. 그런데 당신은 무엇을 준다는 말입니까? 당신이 배우신 것, 당신이 할 수 있는 것이란 무엇입니까?」

「저는 사고할 수 있습니다. 그리고 기다릴 수도 있고 단식할 수도 있습니다.」

「그것이 전부인가요?」

「그것이 전부라고 생각됩니다.」

「그렇다면 그것이 어디에 필요합니까? 예컨대 단식 같은 것, 그것이 어디에 소용이 있습니까?」

「주인이시여, 그것은 대단히 좋은 것입니다. 가령 어떤 사람이 먹을 게 없을 때 그가 취할 수 있는 가장 현명한 방도는 단식입니다. 예를 들어 만약 싯달타가 단식하는 법을 배우지 않았다고 한다면, 그는 오늘 당장에 일자리를 구해야겠지요. 당신에게든지, 다른 어디에서든지간에 말입니다. 배가 고파 그럴 수밖에 없기 때문입니다. 하지만 싯달타는 조용히 기다릴 수 있습니다. 그는 초조함을 모릅니다. 그는 궁핍을 모릅니다. 그는 오랫동안 굶주려 있을지라도 그것을 웃어 넘

길 수 있습니다. 주인이시여, 그런 점에서 단식은 좋은 것입니다.」

「당신의 말이 옳습니다. 사문이여, 잠깐만 기다려 주십시오.」

카마스바미는 밖으로 나가더니 두루마리를 하나 들고 돌아와 손님 앞에 펴 놓으며 물었다.

「당신은 이것을 읽을 줄 아십니까?」

싯달타는 두루마리를 훑어보았다. 그것은 매매계약서였다. 싯달타는 그 내용을 읽기 시작했다.

「훌륭하시군요.」

카마스바미는 감탄하였다.

그는 싯달타에게 종이 한 장과 붓을 하나 내주었고 싯달타는 그 종이 위에 글을 써서 돌려주었다. 카마스바미는 받아 읽었다.

「쓰는 것은 좋다. 생각하는 것은 더욱 좋다. 지혜로운 것은 좋다. 참는 것은 더욱 좋다.」

「정말로 글을 잘 쓰십니다.」

상인은 칭찬하였다.

「아직도 나눌 이야기가 많습니다. 오늘은 우선 저의 손님으로서 여기 머무르도록 하십시오.」

싯달타는 감사하며 그의 호의를 받아들여 이제 그 상인의 집에서 살게 되었다. 그는 상인에게서 신발을 선물받았고, 하인 한 사람이 매일같이 목욕 시중을 들어 주었다. 하루에 두 번씩 성찬(盛餐)이 그 앞에 차려졌지만 싯달타는 하루에 한 끼만을 먹었고 고기와 술은 입에 대지도 않았다. 카마스바미는 그에게 자기의 장사에 관해 이야기를 했다. 상품과 창고를 보여 주고 장부를 보여 주었다. 싯달타는 새로운 것을 많이 배웠다. 그는 주로 듣기만 할 뿐, 별로 말이 없었다. 그리고 카마라의 말을 명심하여 결코 상인의 아래 위치에 서지 않고, 상인으로 하여금 동등하게, 아니 그 이상으로 대우하도록 만들었다. 카마스바미는 세심한 주의력으로 사업을 해 나갔으며, 경우에 따라서는 대단한 열정으로 추진해 나갔다. 싯달타는 이 모든 것이 한낱 장난처럼 생각되었다. 그 유희의 규칙을 엄밀히 배우려고 애를 쓰기는 하되, 그 내용에 대해서는 아무런 감동을 받지 못하는 그런 유희였다.

  카마스바미의 집에 거처한 지 얼마 되지 않아서 그는 주인의 장사에 관여하게 되었다. 그렇지만 매일같이 카마라가 일러 준 시간이 되면 좋은 의복을 입고, 고급 신을 신고 아름다운 그녀를 찾아갔다. 그리고 곧 그녀에게 선물까지 가져 가게 되었다. 그녀의 지혜로운 빨간 입술은 그에게 많은 것을 가르쳐 주었으며 부드럽고 나긋나긋한 그녀의 손도 그에게 많은 것을 가르쳐 주었다. 사랑의 세계에 대해서는 아직도 어린아이 같아서, 마치 바닥 없는 낭떠러지로 뛰어들듯 맹목적으로 지칠 줄 모르며 쾌락 속으로 굴러 떨어지려는 그에게 카마라는 근본부터 가르쳐 주기 시작했다. 어느 누구도 쾌락을 주지 않고는 쾌락을 취할 수 없는 것이다. 몸집, 애무, 접촉, 시선, 육체의 모든 섬세한 부분까지도 각기 비밀을 가지고 있어서 그것을 깨닫는 자에게 무한한 행복을 안겨 준다. 그녀는 사랑하는 사람들은 사랑의 향연을 맞으러 가기 위해 서로가 다음과 같은 상태여야 한다는 것을 가르쳐 주었다. 즉 서로가 상대를 존경해야 하며 상대를 정복하는 동시에 정복당해야 한다는 것, 그래야만 둘 다 싫증이라든지 허탈감이 일어나지 않고, 강간을 했다거나 강간을 당했다는 불쾌감이 생겨서도 안 된다는 것이다. 그는 지혜롭고 아름다운 이 여류 예술가 곁에서 황홀한 시간을 보내며, 때로는 그녀의 제자가 되고 때로는 애인이 되고 친구가 되었다. 지금 그의 생의 가치와 의의는 바로 이곳 카마라에게 있지, 카마스바미의 장사에 있는 것이 아니었다.

상인은 중요한 편지와 계약 서류를 작성하는 일을 그에게 맡기게 되었고 중요한 안건이면 무엇이든지 그와 의논하는 데 길들여지게 되었다. 상인은 곧 알게 되었던 것이다. 싯달타는 쌀과 양털, 항해와 장사에 대해서는 별로 아는 것이 없지만 그의 손은 행운을 가져다 주는 손이라는 것을. 또한 침착하고 초연한 마음가짐에 있어, 또한 상대편을 경청하여 꿰뚫어보는 기술에 있어 자기를 훨씬 능가한다는 것을. 그는 한 친구에게 이렇게 말하였다.

「이 브라만은 진정한 상인은 아니며 앞으로도 결코 상인이 될 수는 없을 것입니다. 그는 결코 열정을 가지고 사업에 임하지는 않습니다. 그렇지만 그는 성공이 저절로 찾아드는 비밀을 가진 그런 사람입니다. 그것이 타고난 행운의 별이든, 마술이든, 사문의 곁에서 배운 무엇이든간에 말이지요. 그는 언제든지 장사를 장난하듯이 할 뿐 한 번도 거기에 몰입되거나 지배받지 않습니다. 그는 결코 실패를 두려워하지 않고 손해도 개의치 않습니다.」

상인의 친구는 그에게 충고하였다.

「그가 당신을 위해 해주는 장사의 이윤 중 삼분의 일을 그에게 주십시오. 그렇지만 손해가 생길 때에는 그 손해액의 삼분의 일을 부담시키도록 하십시오. 그러면 그 사람도 더 열심히 일할 것입니다.」

카마스바미는 그 충고를 따랐다. 하지만 싯달타는 거기에 별로 개의치 않았다. 이익이 생기면 무심하게 그것을 취하였고, 손해가 나면 웃으면서 말하는 것이다.

「아, 이것 보게, 이번에는 일이 잘못되었는걸!」

진실로 싯달타는 장사에는 아무런 관심도 없는 것 같았다.

한 번은 그가 대량의 쌀을 사들이기 위해 시골로 여행을 간 적이 있었다. 하지만 그가 거기에 도착했을 때 쌀은 이미 다른 상인에게 다 팔려 버린 뒤였다. 그런데도 싯달타는 그 시골에서 여러 날을 묵으면서 농부들에게 음식을 대접하고, 그들의 어린아이들에게 동전을 주며, 혼례식에도 참석하고 나서 아주 흡족한 마음으로 돌아왔다.

카마스바미는 그가 즉시 돌아오지 않고 시간과 돈을 낭비한 것을 나무랐다. 싯달타는 이렇게 대답하였다.

「꾸지람을 거두어 주시오, 사랑하는 친구여. 꾸짖어서 일이 잘되는 법은 결코 없소이다. 손해를 보셨다면, 그 손해를 내가 부담하도록 하겠습니다. 나는 이번 여행에서 아주 만족스러웠소이다. 많은 사람들을 알게 되었고, 한 브라만은 나의 친구가 되었소. 어린아이들이 내 무릎을 타고 놀았고, 농부들은 자기의 논밭을 구경시켜 주었지요. 아무도 나를 상인으로 생각하지 않았다오.」

「그것 참 잘된 일이구려.」

카마스바미는 불쾌한 듯이 목소리를 높였다.

「그렇지만 어찌 되었건 사실로 말하면 당신은 엄연한 상인이오. 그걸 알아두시오! 그렇지 않다면 대체 당신은 심심풀이나 하려고 여행한 것이란 말이오?」

「그렇고 말고요.」

싯달타는 웃었다.

「분명코 나는 심심풀이로 여행을 했소이다. 아니면 대체 무엇 때문에 갔단 말이오? 나는 이번 여행에서 사람들과 지방에 대해 알게 되었고, 친절과 신뢰를 맛보았으며 우정을 발견하였소이다. 이거 보시오, 친구여. 내가 만약 카마스바미였다면 물건을 사들이는 일이 틀려 버린 것을 알고 화를 내고 당장에 서둘러 돌아왔을 것이오. 그렇게 함으로써 정말 돈과 시간을 허비하고 말았을 것이오. 그렇지만 나는 보람있는 날들을 보냈소. 배우고 유쾌하게 지내면서, 화를 내거나 초조하게 구는 일로 나 스스로나 남의 기분을 해치는 일은 없었소. 그래서 언제라도 곡물을 사기 위해서나 다른 목적을 위하여 내가 다시 그곳에 가게 된다면 친분 있는 사람들이 친절하고 유쾌하게 나를 반겨줄 것이오. 그리고 지난번에 조급하고 불쾌한 내색을 하지 않았던 것이 다행이었음을 알게 될 것입니다. 그러니 친구여, 편안한 마음을 가지시오. 꾸지람을 하는 일로 스스로의 기분을 상하게 하지 마시오! 언제든지 이 싯달타가 손해를 가져오는 자라고 여겨지는 날이 오거든, 한마디만 해주시오. 그러면 싯달타는 자기의 길을 떠날 것이오. 하지만 그날까지는 우리 서로 마음 편히 지냅시다.」

상인은 싯달타가 자신의 빵을 먹고 있다는 것을 납득시키려 해보았지만 소용없었다. 싯달타는 자기 자신의 빵을 먹는 것이었다.

아니, 그들은 둘 다 서로 상대방의 빵, 다시 말해 모든 사람의 빵을 먹고 사는 것이었다. 싯달타는 카마스바미의 근심 걱정을 귀담아들은 적이 없었다. 그런데 카마스바미는 근심 걱정이 많았다. 실패할 위험이 있는 상거래가 진행되고 있을 때, 상품을 발송한 것이 어디론가 사라졌을 때, 채무자로부터 빚을 받을 수 없을 것 같을 때, 카마스바미는 근심의 말을 하고 분통을 터뜨리며, 이마를 찡그리고 잠을 이루지 못하였다. 그러나 그의 동업자로 하여금 그래야 할 필요가 있다는 마음이 들도록 도저히 납득시킬 수는 없었다. 언젠가 카마스바미가 싯달타에게 「당신이 알고 있는 모든 것은 나한테서 배운 것이오.」라고 훈계를 하자, 싯달타는 이렇게 답하였다.

「그런 농담으로 나를 웃기려 합니까? 당신한테서 나는 한 바구니의 생선값이 얼마라든가 빌려 준 돈에 대해 얼마만큼의 이자를 받을 수 있는가 하는 것을 배웠소. 그것이 당신의 학문인 것이오. 나는 당신 곁에서 사고하는 것을 배우지 못하였소. 존경하는 카마스바미여,

당신이야말로 나한테서 사고하는 것을 배우도록 노력하는 것이 좋을 것입니다.」

사실상 그의 마음은 장사에 있지 않았다. 장사는 단지 카마라에게 가져다 주기 위하여 필요한 만큼의 돈을 벌기 위한 것이었다. 그것은 싯달타가 필요로 하는 것보다 훨씬 많은 돈을 가져다 주었다. 그렇다고 해도 싯달타가 관심과 흥미를 갖는 것은 그가 상대하는 사람들이었다. 그들의 거래, 수공(手工), 걱정, 쾌락, 어리석음은 과거의 싯달타에게는 달나라처럼 까마득한 것이었다.

그들 모두와 더불어 이야기하고, 그들과 함께 생활하며 그들 모두에게서 배우는 일이 그로서는 쉬운 일이었다. 그는 자기를 그들로부터 유리시키는 무엇이 있다는 것, 그것이 바로 사문의 정신이라는 자각을 갖게 되었다. 그는 어린아이 같은, 또는 동물 같은 방식으로 살아가고 있는 인간들을 보면서 그들의 방식을 사랑하며 동시에 경멸하였다. 그는 자기로서는 전혀 무가치해 보이는 사물을 얻기 위해, 돈을 얻기 위해, 하잘것없는 명예를 얻기 위해 애를 쓰고 괴로워하며 머리가 세어 가는 인간들을 보았다.

그는 그들이 서로의 마음에 상처를 내는 것을 보았고, 사문이라면 미소 지을 고통에도 울부짖고, 사문이라면 느끼지 못할 궁핍에 고통스러워하는 것을 보았다.

이러한 인간들이 그에게 가져오는 모든 것에 대하여 그는 기탄없이 대하였다. 옷감을 팔러 오는 상인들도 환영하였고, 돈을 꾸러 오는 채무자도 환영하였고, 장황하게 자기의 가난한 사정을 늘어놓기는 하지만 실상은 사문들의 절반도 가난하지 않은 걸인 역시 환영하였다. 외국에서 온 부상(負商)에 대해서도, 자기의 수염을 깎아 주는 하인이나 몇 푼 안 되는 동전 때문에 바나나를 팔면서 속임수를 쓰는 행상과 다를 바 없이 대했다. 카마스바미가 걱정을 하소연하려고 싯달타가 범한 영업상의 실수를 힐책할 때에도 그는 호기심을 가지고 흔쾌하게 귀를 기울였다. 그리고 그를 알 수 없다고 여기면서 이해하려고 애를 썼고, 자신에게 불가피하다고 보이는 한에서는 어느 정도 그의 타당성을 인정해 주고는 곧 등을 돌려 자기에게 용무가 있어 찾아온 다른 사람을 상대하는 것이었다. 사실 그에게는 많은 사람이 찾아왔다. 그와 상담을 하려는 사람, 그를 속이려는 사람, 그를 염탐하려는 사람, 그의 동정(同情)을 사려는 사람, 그의 충고를 들으려는 사람 등 숱한 사람이 그를 찾아왔다. 그는 충고를 해주었고, 동정과 은혜를 베풀었고, 어느 정도까지는 짐짓 속아 주기도 하였다. 그리고 일찍이 그가 신(神)들과 범(梵)에 골몰했던 때와 다름없이 이런 일체의 유희와 이 유희를 추진하는 모든 사람들의 정열에 몰입하였다.

  이따금 그는 가슴속 깊은 곳에서 거의 알아들을 수 없을 정도로 꺼져 가듯 나직하게 경고하는 음성, 호소하는 음성을 들었다. 그럴 때마다 그는 이런 자각을 하였다. 즉 자기는 이상한 생활을 하고 있다는 것, 마치 어린아이의 장난 같은 일을 하고 있다는 것, 종종 유쾌하고 기쁨을 느끼기는 하지만 그래도 자기 본래의 생활은 곁으로 스쳐 흘러가 자기에게 와 닿지 않고 있다는 것을. 공을 가지고 노는 사람처럼 그는 사업과 사람들을 상대로 하여 장난을 한 것이며 그들을 구경하고 그들에게 흥미를 느꼈다. 그러면서도 진심으로는, 본질의 근원으로는 한데 어울리지를 못했다. 근원은 그와는 떨어진 어느 곳으로 보이지 않게 흘러가며 그의 인생과는 아무런 상관이 없었다.

그는 몇 번이나 그런 생각에 놀라며 소원하였다. 이 모든 어린애 같은 일상의 행위에 나 역시 정열과 진심으로 임할 수 있다면, 오로지 방관자의 입장으로 서 있는 것이 아니라 진실로 즐기며 살아갈 수 있는 사람이 되었으면, 하는 바람을 갖지만 그는 끊임없이 거듭해서 아름다운 카마라를 찾아가 사랑의 기술을 배우고 그 어느 것보다도 주는 것과 받는 것이 하나가 되는 육욕의 예배를 연습하며 카마라와 더불어 이야기하고 그녀한테서 배우며 충고하기도 하고 받기도 하였다. 그녀는 일찍이 고오빈다가 그를 이해하던 이상으로 싯달타를 이해하였고, 한결 더 싯달타와 닮아 있었다.

한 번은 싯달타가 카마라에게 말하였다.

「당신은 나와 같소. 당신은 대부분의 인간들과 다르오. 당신은 카마라일 뿐 다른 아무것도 아니오. 당신의 마음속에는 언제라도 그 속에 들어가 평안을 누릴 수 있는 안식처가 있는 것이 나와 똑같소. 그런 사람은 별로 많지 않지요. 누구나 그렇게 할 수 있지만 말이오.」

「모든 사람이 지혜로운 것은 아니니까요.」

카마라가 말하였다.

「아니오.」

싯달타가 말하였다.

「문제는 그것이 아니오. 카마스바미는 나와 마찬가지로 지혜로우나 자기 안에 안식처를 갖지 못한 사람이오. 반면에 이성(理性)은 어린아이 같으면서도 자기 안에 안식처를 가진 사람이 있소. 카마라여, 대부분의 인간들은 바람에 나부껴서 빙글 돌다가 방향을 잃고 땅바닥에 굴러 떨어지는 낙엽과 같은 존재이지요. 하지만 드물게도 별처럼 확고하게 자기의 궤도를 가는 사람이 있소. 그들은 바람에 조금도 흔들리지 않고, 자기 내부에 그들 나름대로의 법칙과 궤도를 가지고 있지요. 내가 알고 있던 많은 학자와 사문들 가운데에서 그런 의미로 완전한 인간은 단 한 분뿐이었소. 그 한 사람의 완성자를 나는 영원히 잊을 수 없을 것이오. 그분은 설법을 전파하는 세존, 저 고오타마이시오. 수천의 제자들이 매일처럼 그의 가르침을 듣고 항시 그의 계율을 따르고 있지만 그들은 모두가 떨어지는 가랑잎일 뿐이오. 그들은 자기 자신 안에 교의와 법칙을 가지고 있지 못하오.」

카마라는 그를 찬찬히 보며 미소를 지었다.

「당신은 또 그 사람의 말씀을 하시는군요. 또다시 사문의 시절로 돌아간 것 같아요.」

카마라는 말하였다.

싯달타는 입을 다물고 있었다. 그리고 그들은 사랑의 유희를 벌였다. 카마라가 알고 있는 서른 가지, 마흔 가지 유희 중 한 가지였다.

카마라의 몸은 표범의 몸처럼, 사냥꾼의 활처럼 유연하였다. 모름지기 그녀에게서 사랑을 습득한 사람은 많은 쾌락, 많은 비밀에 통달하기 마련이었다. 카마라는 오랜 시간 동안 싯달타와 유희를 벌였다. 그녀는 그를 낚아채기도 하고 밀어내기도 하고, 혹은 강요하기도 하며 그녀의 기교를 마음껏 맛보였다.

그리하여 마침내 싯달타는 정복되어 녹초가 된 몸으로 카마라 곁에서 쉬는 것이었다. 그녀는 싯달타 위로 허리를 굽혀 그의 얼굴을, 피로해진 그의 눈을 오랫동안 들여다보았다.

「당신은 내가 만났던 남자들 가운데서 최고의 애인이에요.」

카마라는 생각에 잠겨 말하였다.

「당신은 다른 사람보다 강하고 유연하며 의욕적입니다. 당신은 나의 기술을 잘 배우셨어요, 싯달타. 언젠가 제가 좀더 나이를 먹으면 당신의 아이를 하나 낳고 싶습니다. 그렇지만 애인이여, 그런데도 역시 당신은 여전히 사문이어서 나를 사랑하지 않습니다. 당신은 어떠한 인간도 사랑하지 않습니다. 그렇지 않습니까?」

「그럴는지도 모르지요.」

싯달타는 피곤한 어조로 말하였다.

「나도 당신과 마찬가지요. 당신 역시 아무도 사랑하지 않지요. 그렇고서야 어찌 사랑을 기교로써 다룰 수가 있겠소? 아마도 우리와 같은 종류의 인간들은 사랑을 할 수 없을 것이오. 소인들에게나 그것이 가능하겠지요. 그것이야말로 바로 그들의 비밀이오.」

삼사라[輪廻]

오랫동안 싯달타는 세속과 쾌락의 생을 누렸다. 하지만 결코 그 속에 빠져들지는 않았다. 격하고 뜨겁던 사문 시절 동안 죽어 있던 그의 관능이 다시금 깨어나 부귀를 맛보았고, 환락을 누렸고 권세를 맛보았다. 그런데도 불구하고 이 오랜 세월 동안 그의 가슴속에는 여전히 사문이 머물러 있었는데 이 점을 현명한 카마라가 간파하고 있었던 것이다. 사고와 인내와 금식의 기술이 여전히 그의 생활을 지배하고 있었다. 그리고 속세의 인간, 소인배들은 그에게 낯선 존재였으며 그 또한 그들에게 낯선 존재였다.

세월은 흘러갔다. 싯달타는 환락에 취하여 세월의 흐름을 거의 느끼지 못하였다. 그는 부자가 되었다. 자기 소유의 집을 갖게 되었고, 하인들을 부렸으며, 교외의 강변에는 별장도 갖게 되었다. 사람들은 그를 좋아하였으며 돈과 조언이 필요할 때면 그를 찾아왔다. 하지만 카마라를 빼놓고는 어느 누구도 아주 가깝지는 못하였다.

일찍이 그가 청년의 절정기에, 고오타마의 설법을 듣고 고오빈다와 작별한 후 며칠간 체험했던 그 높고 투명한 각성, 잔뜩 긴장하였던 그 기대감, 가르침도 스승도 떠나 있던 그 오만한 독존(獨存), 자신의 내심에서 신의 음성을 듣고자 했던 그 겸허한 마음가짐은 점점 추억이 되어 버리고 덧없는 옛일이 되고 말았다. 일찍이 가까이에서 솟았던, 자기 안에서 분출하던 성스러운 샘물은 멀리서 가냘프게 그 울림을 전해올 뿐이었다.

그가 사문들 곁에서 배웠던 것, 고오타마의 가르침을 통해 배웠던 것, 브라만인 아버지로부터 배운 것들 가운데서 오랜 세월이 지난 오늘날까지도 아직 많은 것이 그의 마음속에 남아 있었다. 절제의 생활, 사색의 기쁨, 명상의 시간, 육체도 절제 의식도 아닌 자기 자신의 영원한 자아에 관한 신비로운 자각은 여전히 그의 내부에 머물러 있었다. 그 모든 것은 대체로 그 안에 남아 있었지만 하나씩 하나씩 사라져 가고 먼지로 뒤덮였다. 일단 회전하면 한동안 돌아가다가 점점 속력이 줄어 나중에는 멈춰버리는 도공(陶工)의 선반(旋盤)처럼 싯달타의 영혼 안에 있는 금욕의 바퀴, 사고의 바퀴, 초탈의 바퀴도 오랫동안 그 회전을 계속하고 있었으나 점점 속도를 잃어 거의 정지 상태에 이르렀다. 마치 나무 밑동에 습기가 스며들어 결국 밑동이 썩어버리는 것과 같이 세속과 타성이 그의 영혼 속으로 스며들어 서서히 그의 영혼을 가득 채워 그를 무겁게 하고 흐리게 하고 지쳐서 잠들게 하였다. 그 대신 그의 관능은 활기를 띠어 많이 배우고 많은 체험을 하였다.

싯달타는 장사하는 법, 인간을 다스리는 법, 여인과 더불어 즐기는 법을 배웠으며, 아름다운 옷을 입고, 하인을 부리고, 향내 나는 물에 목욕하는 법을 배웠다. 그는 섬세하고 정성스럽게 만든 요리 먹는 법을, 또한 인간을 게으르게 하고 정신을 흐리게 하는 술 마시는 법을 배웠다. 그는 또한 도박하는 법을, 장기 두는 법을, 무녀(舞女)를 바라보는 법을, 가마 타는 법을, 부드러운 잠자리에 드는 법을 배웠다. 그러면서도 그는 여전히 자기가 다른 사람들과는 다르다는 것, 그들보다 우월하다는 느낌을 가지고 있었고, 여전히 그들을 조금은 조소하는 마음으로, 조금은 경멸하는 마음으로 바라보았다. 그것은 사문들이 늘 속세의 인간들을 대할 때 느끼는 그런 경멸감이었다.

카마스바미가 불쾌해 하거나 모욕을 받아 화를 내거나 장사일로 시달림을 겪을 때면, 싯달타는 항상 경멸의 시선으로 그를 바라보았다. 하지만 몇 번의 장마기와 수확기가 지나가는 동안 서서히 자기도 모르는 사이에 그의 조소도 점점 무디어졌고, 그의 우월감도 잠들어 갔다. 점점 축적되어 가는 부(富) 속에 묻혀서 서서히 싯달타 자신이 소인배의 요소를, 철부지 같은 소심한 요소를 지니기에 이른 것이었다. 뿐만 아니라 그는 그들을 부러워하기에 이르렀다. 자신이 그들과 닮아 가면 갈수록 더욱 그들을 부러워하였다. 자기가 가지지 못하고 그들만이 가지고 있는 자기네의 인생에 부여할 수 있는 중대성, 기쁨과 불안에 대한 그들의 열정, 그들이 영원히 지니는 사랑이란 감정의 안타까우나 달콤한 행복을 부러워하였다.

 자기 자신에, 여자에, 자식들에, 명예나 돈에, 계획이나 희망에 이들 인간들은 끊임없이 사로잡혀 있었다. 하지만 그는 이것을 그들에게서 배우지 못하였다. 실로 이 어린애 같은 기쁨과 어린애 같은 어리석음만은 배우지 못하였다. 그가 그들에게서 습득한 것은 정작 자기 자신이 경멸하고 있는 불쾌한 기분들이었다.

 사교적인 모임의 밤을 지낸 다음날 아침이면 늦게까지 자리에 누운 채 멍하니 피로를 느끼는 일이 차츰 많아졌으며, 카마스바미가 걱정거리를 늘어놔 자신을 괴롭히면 그는 화가 나서 참지 못하기에 이르렀다. 도박을 하다가 돈을 잃으면 놀랄 만큼 큰소리로 웃어 대는 일도 있었다. 그의 얼굴은 아직까지는 다른 사람보다 지혜롭고 슬기로워 보였으나 그는 잘 웃지 않았고 부자들의 얼굴에서 흔히 볼 수 있는 특징을 하나씩 하나씩 닮아 가고 있었다. 그들이 지닌 불만스러운 표정, 기분 나빠하는 표정, 불쾌한 표정, 나태한 표정, 몰인정한 표정들이 가끔 나타났다. 부(富)에서 오는 영혼의 병이 서서히 그를 잠식하여 사로잡고 있었다.

 무슨 베일처럼, 엷은 안개처럼, 피로가 날이 갈수록 점점 짙게, 달이 갈수록 점점 탁하게 해가 갈수록 점점 무겁게 싯달타를 엄습하였다. 새 옷이 세월과 함께 낡아 가고, 세월과 함께 그 색채가 퇴색되어 얼룩이 지고 구겨지고 솔기가 뜯어지고 여기저기 퇴색한 실밥이 드러나는 것 같이, 고오빈다와 헤어진 다음에 싯달타의 새 생활도 점점 낡고, 흐르는 세월과 함께 빛깔과 광택을 잃고 얼룩과 주름이 생겨서 밑바닥에는 환멸과 구토가 도사리고 앉아 어느덧 여기저기 흉한 모습을 드러내고 있었다.

싯달타는 그것을 깨닫지 못하고 있었다. 그는 다만 그를 깨우쳤던 자기 마음속의 음성, 그 찬란하던 시절에 때때로 이끌어 주었던 자기 마음속의 저 낭랑하고 분명한 음성이 지금은 침묵을 지키고 있다는 것을 알 뿐이었다.

세속적인 것에 그는 사로잡힌 것이다. 쾌락과 욕망과 타성, 그리고 마침내는 그 자신이 어리석음의 극치라고 여겨 가장 경멸하고 비웃어 왔던 악덕에, 즉 금전에 대한 탐욕에까지 사로잡힌 것이다. 그리하여 이제는 그에게 그것이 유희나 장난일 수 없이 꼼짝없는 사슬이요, 무거운 짐이 되고 만 것이다.

이렇듯 야릇하고 교활한 노정(路程)을 가면서 싯달타는 도박에 의하여 이제 비천한 금전에 대한 욕구에까지 빠지고 말았다. 사실상 싯달타는 사문이 되기를 마음속으로 포기한 시절부터 일찍이 소인배의 버릇이라고 웃음 지으며 도외시했던 도박에, 돈과 귀중품을 거는 도박에 점점 더 광적으로 정열을 가지고 몰입하기 시작했다. 감히 그와 더불어 도박을 하려는 사람이 얼마 없을 정도로 엄청나고 대담하게 그는 내기를 걸었다. 그는 마음의 궁핍으로 인해 도박을 하였다. 돈을 잃는 것, 저주스런 돈을 탕진하는 것은 분통이 터지면서도 그에게 일종의 쾌감을 안겨 주었다. 다른 방법으로는 상인들의 우상인 부(富)에 대한 자기의 경멸감을 더 이상 명쾌하고 노골적으로 드러내 보일 수가 없었다. 그래서 그는 자신을 미워하고 조소하면서, 대담하게 사정 없이 도박을 하였다.

수천금의 재산을 벌어들이고 수천금을 내던지며, 돈을 잃고 보석을 잃고 별장을 잃고 다시 되찾았다가는 다시금 잃곤 하였다. 그 불안, 엄청난 것을 걸고 도박하는 동안의 그 두렵고 가슴 조이는 불안을 싯달타는 사랑하였으며 그것을 되풀이하여 구하였고, 그 정도를 더욱 짙고 높게 하였다. 왜냐하면 지금의 미지근하고 맥빠진 자기 생의 한가운데서, 그는 유독 이런 불안감을 통해서만 행복 같은 것, 도취감 같은 것, 상승된 생의 맛을 느낄 수 있기 때문이었다. 그래서 크게 손해를 볼 때마다 그는 다시금 새로이 재산을 얻기 위하여 장사일에 열심을 부렸고, 자기의 채무자에게 한층 혹독하게 지불을 독촉하였다. 왜냐하면 그는 계속해서 도박을 하고 계속해서 낭비하여 부(富)에 대한 자기의 경멸감을 나타내 보이고 싶기 때문이었다.

이제 싯달타는 손해를 볼 때 침착성을 잃었고, 늑장부리는 채무자에게 참을성을 잃었고, 걸인에 대하여 관대함을 잃었고, 간청하는 자에게 돈을 거부한다든지 빌려 주는 것에 대한 기쁨을 잃어버렸다. 한 판의 도박에 천만금을 잃고도 웃어 버리는 그가 사업상의 거래에 있어서는 더욱 엄격하고 좀스러워졌다. 심지어 밤이면 왕왕 돈에 대한 꿈을 꾸기에 이르렀다. 그리하여 이런 끔찍스러운 악몽에서 깨어나 침실 벽에 걸린 거울 속에서 늙고 추해진 자기의 얼굴을 보고 수치와 혐오감이 덮쳐올 때마다 그는 계속 도피처를 찾았다. 새로운 놀음판 속으로, 욕정과 술이 베푸는 마취의 세계로 도피하는 것이었다. 그리고 그곳에서 다시금 돈을 긁어모아 축적하려는 충동을 가지고 되돌아왔다. 이러한 무의미한 악순환 속에서 그는 지치고 늙고 병들어 갔다.

그러던 어느 날 그는 꿈속에서 경고의 소리를 들었다. 저녁 시간에 카마라와 함께 그녀의 아름다운 정원에 앉아 있었다. 그들은 나무 그늘에 앉아 이야기를 나누고 있었는데 그때 카마라가 슬픔과 피로감이 감추어진 의미심장한 말을 하였다. 그녀는 싯달타에게 고오타마에 대하여 이야기를 해 달라고 졸랐다. 그렇지만 싯달타는 그의 눈이 얼마나 맑으며, 그의 입이 얼마나 고요하고 아름다우며, 그의 이마가 얼마나 인자하며, 그의 걸음걸이가 얼마나 의연한가를 충분히 말해 줄 수가 없었다. 오랫동안 그는 카마라에게 지존 붓다에 대하여 설명하지 않을 수 없었지만 카마라는 한숨을 쉬며 말하였다.

「언젠가, 아마도 머지 않아 저 역시 그 붓다를 따라갈 것입니다. 저는 이 정원을 그분에게 바치고 그분의 가르침에 귀의하게 될 것입니다.」

하지만 곧이어서 그녀는 싯달타를 유혹하여 그와 사랑의 희열 속에서 고통스런 열정으로 파고들었다. 이 공허하고 덧없는 욕정으로부터 마지막 달콤한 한 방울을 다시 한 번 짜내려는 듯이, 눈물을 흘리며 몸부림쳤다. 육욕이라는 것이 얼마나 죽음과 가까운 것인가를 싯달타는 이토록 기묘하게 명백히 느낀 적이 없었다. 그리고 나서 싯달타는 여인 옆에 누웠다. 카마라의 얼굴이 그의 가까이에 있었다. 그때 그는 그녀의 눈 밑과 입가에서 지금까지 보지 못했던 하나의 초조한 글자를 읽었다. 가는 선과 옅은 골이 진 문자, 가을과 늙음을 연상시키는 문자들이었다. 싯달타 자신도 이미 사십 고개를 넘어서서 어느덧 검은 머리 사이로 희끗희끗 흰 머리털이 눈에 띄었던 것이다. 카마라의 아름다운 얼굴에는 피곤함이 역력히 나타나 있었다. 피로감과 이울기[萎] 시작한 모습, 미처 말하지 않고 감추었던 초조함, 어쩌면 지금껏 의식하지 못했던 초조함이 쓰여져 있었다. 즉 늙음에 대한 두려움, 가을이 멀지 않았다는 두려움, 필연적인 죽음에 대한 두려움이었다. 한숨을 내쉬며 그는 언짢은 기분, 말할 수 없는 초조감을 가슴 가득 안고서 카마라와 작별을 하였다.

그날 밤 싯달타는 자기 집에서 술상을 차리고 무희들을 불러들여 동료들에게 이미 자기 자신을 잃어버린 우월자의 헛기세를 부렸다. 그는 술을 잔뜩 먹고 자정이 훨씬 지나서 피로하면서도 흥분하여 절망과 울고 싶은 심정에 휩싸여 잠자리를 찾았다. 그는 한참을 엎치락뒤치락 잠을 이루지 못하고 견딜 수 없는 처참함, 혐오감에 사로잡혀 있었다. 그 혐오감은 마치 미지근하고 구역질 나는 술 냄새처럼, 지나치게 달콤하고 퇴폐적인 음악처럼, 너무나 요염한 무희들의 웃음처럼, 그녀들의 머리와 젖가슴에서 나는 강렬한 향내처럼 그를 파고 들었다.

하지만 그는 무엇보다도 자기 자신에 대해서, 자신의 향내 나는 머리털, 자신의 입에서 풍기는 술 냄새, 늘어진 피부에서 오는 피로감과 불쾌감에 대해 혐오감을 느꼈다. 마치 과식하고 과음한 자가 고통스러운 나머지 그것을 토해 내고 후련함과 개운함을 느끼려 하듯이, 싯달타는 잠을 이루지 못하면서 이 향락에서, 이 악습에서, 이 온통 무의미한 생활과 자기 자신에 대한 엄청난 혐오감의 물결에서 빠져 나오기를 갈망하였다. 새벽이 밝아오고 집 앞 거리에 분주한 아침 활동이 개시되었을 때에야 비로소 그는 간신히 눈을 붙였다. 그리고 어렴풋한 무의식 속에서 수면의 예감 같은 것을 잠시 느꼈다. 이 순간 그는 꿈을 꾼 것이었다.

카마라는 황금 새장 속에 노래 잘하는 작고 진기한 새 한 마리를 기르고 있었다. 싯달타는 이 새에 관하여 꿈을 꾸었다. 그것은 이런 꿈이었다. 이 새가, 아침마다 잘 울던 이 새가 벙어리가 된 것이었다. 싯달타가 이상한 생각이 들어 새장 앞에 다가가 들여다보니까, 작은 새는 죽어서 굳어 버린 채 바닥에 나자빠져 있었다. 그는 그 새를 꺼내어 잠시 흔들어 보다가 길가에 내던져 버렸다. 그 순간 그는 무섭게 놀랐다. 심장이 찢어지듯 아파왔다. 마치 이 죽은 새와 함께 자기 자신의 모든 가치와 재산이 함께 내던져진 것 같았다.

꿈에서 깨어나자 싯달타는 깊은 비애에 사로잡혔다. 아무 가치도 없고 뜻도 없이 지금까지 삶을 영위해 왔다는 생각이 들었다.

생명감 있는 그 무엇도, 소중한 그 무엇도, 또는 보존할 가치 있는 그 무엇도 그의 손 안에는 남아 있지 않았다. 파선당한 사람이 강가에 서 있듯이 그는 혼자서 빈몸으로 그렇게 서 있었다.

침울한 마음으로 싯달타는 자기 소유인 비원에 들어서서 출입문을 잠그고 망고나무 밑에 주저앉았다. 그의 심장 속으로는 죽음을, 가슴속으로는 공포를 느끼며, 그는 그렇게 앉아서 자기 내부에서 무엇인가 죽어 가고 있음을, 자기 내부에서 시들어 종말을 향해 가고 있음을 느꼈다. 그는 서서히 마음을 집중시켜 자기가 기억해 낼 수 있는 첫날부터 지금까지 자신이 걸어온 전 생애를 다시 한번 머리 속에 정리해 보았다. 도대체 그는 언제 행복이라는 것을 체험하였으며, 참된 희열을 맛보았던가? 오오, 그렇다. 벌써 여러 번 그런 것을 맛보았다. 소년 시절에는 브라만에게서 칭찬을 들었을 때 그런 행복을 맛보았으며, 성구를 암송하고 학자들과 토론을 벌이고 제사 때 조수 노릇을 하는 데 있어서 선배들을 훨씬 앞질러 빼어났을 때, 그는 그런 기쁨을 맛보았었다.

그때 그는 마음속으로 이렇게 느꼈었다.

「네가 태어나면서부터 정해진 길이 너의 앞에 놓여 있다. 신(神)들이 거기서 너를 기다리고 있다.」

그리고 청년 시절도 마찬가지로, 끊임없이 높은 곳을 향해 치닫는 목표에 동료들보다 두드러지게 가까워질 수 있었을 때, 범(梵)의 의미를 알고자 고통 속에서 부심하고 있었을 때, 얻어진 지식이 번번이 그의 내부에 새로운 갈망을 부채질해 주었을 때, 그 갈망 속에서도, 그 고통 속에서도, 그는 역시 소년 시절과 같은 기쁨을 느꼈다.

「나아가라! 나아가라! 너는 타고난 사명을 지닌 자이다.」

고향을 떠나 사문의 생활을 선택하였을 때, 다시금 사문을 떠나 저 완성자에게로 갔을 때, 그리고 또다시 그를 떠나 덧없는 세속으로 뛰어들었을 때, 그는 그 목소리를 들었었다. 그리고 나서 얼마나 오랫동안 이 음성을 듣지 못하였는지, 얼마나 오랫동안 진보도 없고 평탄하고 황량한 길을 걸어왔는지! 높은 목표도 없이, 갈망도 없이, 비약도 없이, 사소한 쾌락에 만족하며, 그러면서도 한 번도 만족한 적 없이 살며 얼마나 오랜 세월이 흘렀는지! 이 몇 해 동안 내내 그는, 자신이 깨닫지 못한 사이에 무수한 소인배 가운데서 그들과 같이 되어 보려고 애쓰면서 살아왔다.

그러면서도 그의 생활은 그들의 생활보다 더 빈약하고 비참해졌다. 그들의 목표는 그의 목표가 아니고 그들의 걱정은 그의 걱정이 아니었기 때문이다. 카마스바미와 같은 사람들의 세계는 그에게 있어 실로 하나의 유희에 불과했으며, 일시적인 춤놀이였고 희극이었기 때문이다. 오로지 카마라만이 그에게는 사랑스럽고 가치있는 존재였다. 하지만 지금에 와서도 여전히 그러한가? 그는 아직도 그녀를 필요로 하고, 그녀 역시 그를 필요로 하고 있는 것인가? 그들은 끝이 없는 유희를 하고 있었던 것이 아닌가? 그리고 그런 유희를 위하여 살아갈 필요가 있는가? 아니다, 그것은 필요한 일이 아니다! 이 유희야말로 윤회(輪廻)라는 것이다. 어린아이들의 놀음, 아마도 한 번, 두 번 아니면 열 번은 재미있게 놀 수 있는 놀음일지 모르겠으나 끊임없이 거듭 되풀이된다면? 그때 싯달타는 유희는 끝이 났다는 것을, 이런 유희를 더 이상 계속할 수 없다는 것을 깨달았다. 온몸에 전율이 흘렀다. 그의 내부에서 무엇인가 죽었다는 것을 그는 느꼈다.

그는 하루 종일 망고나무 밑에서 아버지를 생각하면서, 고오빈다를 생각하면서, 고오타마를 생각하면서 앉아 있었다. 그는 한낱 카마스바미 같은 인간이 되기 위하여 그 사람들을 버려야 했던가? 밤이 되도록 그는 그대로 앉아 있었다. 눈을 들어 별을 바라보면서 그는 생각하였다.

'여기, 나는 나의 비원 안, 나의 망고나무 밑에 앉아 있구나.'

그는 조용히 미소 지었다. 대체 그가 망고나무를, 정원을 소유하고 있다는 것이 필요하고 올바른 일일까? 그것은 한낱 어리석은 장난에 불과하지 않을까?

그는 그것과도 인연을 끊었다. 그것 역시 그 안에서 죽었다. 그는 몸을 일으켜 망고나무와 작별을 하였다. 정원과도 작별을 하였다. 하루 종일 먹지 않아서 배가 몹시 고팠다. 그는 시내에 있는 자기의 집과 침실과 침대를, 음식이 가득한 식탁을 생각하였다. 그는 쓸쓸한 미소를 짓고 몸을 부르르 떨더니 이 모든 것에게 작별을 고하였다.

이날 밤 싯달타는 자기의 정원을 떠났다. 그 도시를 떠났다. 그리고 다시는 돌아오지 않았다. 카마스바미는 싯달타가 도적 떼한테 잡혀간 줄 알고 한동안 그를 수소문하였다. 카마라는 그를 찾으려 들지 않았으며 싯달타가 사라졌다는 소식을 듣고도 놀라지 않았다. 언제라도 이런 일이 일어나리라는 것을 그녀는 항시 예기하고 있지 않았던가? 싯달타는 역시 한 사문, 고향을 떠난 사람이며 순례자가 아니었던가? 마지막으로 만났을 때 그녀는 이렇게 되리라는 것을 뚜렷이 느꼈었다. 그리고 그를 잃은 고통 가운데서도 희열을 느꼈다. 마지막으로 그를 그토록 긴밀히 가슴 깊숙이 껴안아 본 것을, 다시 한 번 그토록 완벽하게 그의 것이 된 것을 깊이 느꼈기 때문이었다.

싯달타가 사라졌다는 소식을 듣자, 카마라는 진기한 새가 갇혀 있는 황금 새장이 있는 창 앞으로 다가섰다. 그녀는 새장 문을 열고 새를 꺼내 날려 보냈다. 그리고 새가 날아가는 모습을 한참 동안 바라보았다. 이날부터 카마라는 문을 닫고 손님을 받지 않았다.

그녀가 싯달타와 마지막 만났을 때 임신이 되었다는 것을 안 것은 그로부터 얼마 뒤였다.

강변에서

싯달타는 어느덧 도시에서 멀리 떨어진 숲 속을 방황하고 있었다. 그리고 그가 알고 있는 것은 이제는 그가 다시 되돌아갈 수 없다는 것과, 지금껏 여러 해 동안 누려왔던 생활은 끝나 버렸다는 것, 그리고 구역질 날 만큼 맛보고 흡수하였다는 것뿐이었다. 그가 꿈꾸었던 노래하는 새는 죽어버렸고 그의 마음속의 새 역시 죽었다. 마치 해면이 물을 흠뻑 빨아들이듯이, 그는 깊숙이 윤회 속에 얽혀들어 사방에서 혐오감과 죽음을 흡수하였다. 그는 권태와 비참과 죽음으로 가득 차 있었다. 이제 이 세상에는 그를 매혹시키며 그를 기쁘게 하며 그를 위로해 주는 것은 아무것도 존재하지 않았다.

더 이상 자신에 관해 알고 싶지 않았고, 휴식을 취하고, 죽고 싶은 소망으로 가득 찼다. 벼락이라도 떨어져 죽게 해주었으면! 호랑이라도 나타나 물어가 주었으면! 망각과 잠을 가져다 주는 술이나 독약이 있어 두 번 다시 잠에서 깨어나지 말았으면! 대체 내가 미처 물들지 않은 어떤 더러움이 있을까? 내가 저지르지 않은 죄악과 어리석음, 내가 디뎌 보지 않은 영혼의 황무지가 어디에 남아 있을까? 대체 더 이상 산다는 것이 아직도 가능한 일일까? 앞으로도 계속하여 숨을 들이쉬고 내쉬며 배고픔을 느끼고, 다시 먹고, 잠을 자고, 여자 옆에 눕는 일이 가능할까? 그에게 해당된 이 윤회의 바퀴는 돌 대로 돌아 기운을 다하여 멎어버린 것이 아닐까?

싯달타는 숲 근처 큰 강가에 당도하였다. 일찍이 그가 청년이었을 적에 고오타마가 있는 도시에서 떠나 거기에 왔을 때, 어느 뱃사공이 그를 건네 주던 바로 그 강이었다. 피로와 허기로 그는 쇠약해져 있었다. 그런데 대체 무엇 때문에 더 가야 하는가? 대체 어디로, 무슨 목적을 가지고 더 걸어갈 것인가? 아니, 이제는 아무 목적도 없었다. 이 온통 혼란한 꿈을 털어내 버리고, 이 김 빠진 술을 토해내 버리고, 이 비참하고 수치스러운 생활을 끝장내고 싶은 깊고 비통한 갈망만이 있을 뿐이었다.

강언덕에는 야자수가 한 그루 늘어져 서 있었다. 싯달타는 야자수 밑동에 기대어 팔을 두르고는 푸른 강물을 내려다보았다. 강물은 그의 밑에서 유유히 흐르고 있었다. 그는 그것을 내려다보며 풍덩 물 속에 빠지고 싶은 충동을 뭉클하도록 느꼈다. 몸서리쳐지는 무서운 공허가 물 속에서 그를 향해 반사되어 왔고, 그의 영혼 안에 자리잡은 무서운 공허가 거기에 응답하였다. 그렇다, 모든 것이 끝났다. 자신을 소멸시켜 버리고, 삶의 실패한 형상을 때려 부수어 비웃고 있는 신(神)들의 발 앞에 내던져 버리는 수밖에 다른 방도가 없었다. 이것이 그가 간절히 원하는 대파국(大破局)이었다. 그러한 죽음이 그가 미워하는 이 생이 갖는 형식의 파괴가 아닌가? 물고기들이 뜯어먹어 주었으면! 이 개 같은 싯달타를, 이 미치광이를, 이 더럽혀지고 썩어빠진 몸뚱어리를, 이 무기력하고 오용(誤用)된 영혼을! 물고기와 악어들이 그를 뜯어먹고 악마들이 몰려와 찢어 버렸으면! 일그러진 얼굴로 그는 물 속을 응시하며 물에 비친 자기의 얼굴을 바라보고 그 위에 침을 뱉었다. 견딜 수 없는 피로 때문에 그는 나무 밑동을 안았던 팔을 풀고는, 곧장 아래로 떨어져 영원히 물 속에 빠져 버리려고 몸을 약간 돌렸다. 그리고 두 눈을 감고 죽음을 향하여 가라앉았다.

그때 문득 그의 영혼의 동떨어진 한 모퉁이에서, 피로에 지친 삶의 과거로부터 한마디 울림이 들려왔다. 그것은 하나의 음성, 한마디 말이었다. 아무런 사고(思考)가 끼어 있지 않은 채 저절로 울려나오는 소리, 모든 브라만 기도의 첫소리요, 마지막 소리인 신성한 말, '완전한 것' 또는 '완성된 것'을 의미하는 '옴'이라는 소리였다. 이 '옴'이라는 소리가 싯달타의 귓전에 닿는 순간 졸고 있던 그의 정신이 문득 깨어나면서 자신의 어리석은 행동을 인식하게 되었다.

싯달타는 소스라치게 놀랐다. 어쩌자고 죽음을 취하려 할 만큼 자기의 육신을 파멸시켜 안식을 취하려는 어린애 같은 소원을 품게 되었을까? 또한 타락하고 방황하며 무지해졌단 말인가! 지금까지 그 모든 고통, 모든 환멸, 모든 절망이 가져다 줄 수 없었던 것을 지금 이 순간이 이루어 준 것이다. '옴!'이라는 한마디 말이 불행과 미망에서 자신을 발견하도록 그를 각성시킨 것이다.

'옴!' 하고 그는 속삭여 보았다. '옴!' 그리고 그는 범(梵)을 깨달았으며 생명의 불멸성을 의식하였다. 지금까지 있었던 모든 신적인 것을 다시금 의식하였다.

하지만 그것은 다만 한 순간, 찰나(刹那)의 일이었다. 싯달타는 피로에 못 이겨 야자수 밑에 쓰러졌다. '옴'을 읊으면서 나무 밑동을 베개 삼아 깊은 잠에 빠졌다.

꿈도 꾸지 않은 깊은 잠이었다. 수년 동안 이런 숙면을 취해 본 적이 없었다. 몇 시간이 지난 후 잠에서 깨어나자 그에게는 마치 10년의 세월이 흘러간 느낌이었다. 강물 흐르는 소리가 나직이 들려왔다. 여기가 어디며 어떻게 해서 자기가 여기까지 흘러왔는지 알 수 없는 상태로 그는 눈을 떴다. 그리고 의아스런 시선으로 나무와 하늘을 올려다 보았을 때 여기가 어디며 어떻게 해서 자기가 여기에 오게 되었는지 기억하려 하였다. 하지만 그런 생각이 들기까지는 오랜 시간이 걸렸으며 과거의 일이 베일에 가려진 듯 아물아물하게, 끝없이 아득하고 끝없이 동떨어진 것으로, 끝없이 상관없는 것으로 느껴졌다. 그는 다만 자기가 지금까지 자기의 생—의식이 되돌아온 처음 순간에는 지금까지의 자기 생이 마치 아득히 물러가 버린 과거의 화신(化

身)처럼, 현재 자아의 전생(前生)처럼 생각되었다──과 결별하였다는 것, 혐오감과 비참한 심정으로 자신의 생명을 내던져 버리려 하였다는 것, 하지만 강가 야자수 밑에서 '옴'이라는 성스러운 말을 입에 올리며 자기 자신으로 돌아왔다가 잠이 들었다는 것, 그리고 이제 그 잠에서 깨어나 새로운 인간으로서 세상을 바라보고 있다는 것을 의식할 뿐이었다. 그는 조금전 자신이 속삭이다가 잠들었던 '옴'이라는 말을 나직이 되뇌었다. 그리고 방금 자기가 취했던 긴 잠 전체가 바로 긴 시간 동안 가라앉은 '옴'의 부름이요, '옴'의 사고요, 이름 지을 수 없는 경지, 완성된 경지인 '옴' 안으로 침잠하여 완전하게 함입되는 상태였다는 생각이 들었다. 그것은 얼마나 놀라운 잠이었던가? 지금까지 잠이 상쾌한 느낌을 주고, 새로움을 주고, 회춘(回春)을 느끼게 해준 적이 있었던가! 어쩌면 참으로 그는 죽어 없어졌다가 새로운 형상으로 재생한 것이 아니었을까? 하지만 그것은 아니었다. 그는 자기 자신을 잘 알고 있었다. 자신의 손과 자신의 발을 알고 있었다. 그는 자기가 누워 있던 장소를 알고 있었다. 그리고 자기 가슴속의 자아를, 싯달타를, 이 고집스러운 괴짜를 알고 있었다. 하지만 어쨌든 싯달타는 변했으며 새로워졌고, 잠을 잔 후 기쁨과 호기심에 차서 신비롭게 깨어난 것이었다. 몸을 일으켰을 때 그는 어떤 사람이 자기 건너편에 앉아 있는 것을 보았다. 웬 낯선 사람, 머리를 깎고 누런빛 가사 차림으로 참선 자세를 취하고 있는 승려였다. 싯달타는 머리털도 수염도 없는 이 승려를 유심히 바라보았다. 그리고 잠시 후 이 승려가 청년 시절 그의 친구, 지존자 붓다에게 귀의한 고오빈다라는 것을 알아보았다. 고오빈다 역시 마찬가지로 나이가 들어 보였으나 그의 얼굴에는 옛모습이 그대로 있어서 그 열의, 충직함, 탐구심, 고지식함을 그대로 보여 주고 있었다. 하지만 고오빈다가 싯달타의 시선을 느끼고 눈을 들어 마주 보았을 때, 싯달타는 고오빈다가 자기를 알아보지 못한다는 것을 알았다. 고오빈다는 그가 깨어난 것을 보고 기뻐하였다. 그가 오랫동안 여기에 앉아, 옛 친구일지도 모르는 싯달타가 깨어나기를 기다리고 있었음이 분명하였다.

「나는 잠이 들었었소.」

싯달타는 말하였다.

「대체 당신은 어떻게 여기에 오셨소?」

「당신은 잠이 들었었소.」

고오빈다가 대답하였다.

「이런 데서 잠이 든다는 것은 좋지 않소이다. 흔히 뱀이 잘 나오고 짐승들이 배회하기 때문이오. 친구여, 나는 세존 고오타마, 붓다 샤아캬무니의 제자로서 순례 일행과 함께 이곳을 지나다가 당신이 이렇게 위태로운 장소에서 누워 주무시는 것을 보았소이다. 그래서 당신을 깨우려고 했지요. 오오, 친구여, 그런데 당신이 너무나 고단하게 주무시기에 나는 일행에서 혼자 빠져 당신 곁에 앉아 있었던 것이오. 그런데 잠자는 당신을 지키려던 내가 정작 잠들었던 모양이오. 피로에 못 이긴 나머지 내가 맡은 바 일을 잘 못했소이다. 당신도 깨어나셨으니, 나는 빨리 내 일행을 쫓아가야겠소이다.」

「사문이시여, 내가 잠자는 것을 지켜 주셔서 감사하오. 당신들 지존의 제자들은 친절하시군요. 그럼 가 보시지요.」

싯달타는 말하였다.

「친구여, 그럼 나는 가겠소이다. 항상 편안하시기를 빕니다.」

「감사하오, 사문이시여.」

고오빈다는 경의를 표하며 말하였다.

「안녕히 계십시오.」

「안녕히 가시오, 고오빈다.」

싯달타는 말하였다.

승려는 그 자리에 우뚝 섰다.

「실례지만 당신은 어떻게 나의 이름을 알고 계시오?」

그러자 싯달타는 빙그레 웃었다.

「오오, 고오빈다, 나는 당신을 알고 있소. 당신 아버지의 초막 시절부터, 브라만의 학교 시절부터, 제사를 올릴 때부터, 우리가 같이 사문의 길을 떠날 때부터, 그리고 그대가 세존의 제자가 되던 그때부터 알고 있었소.」

「자네는 싯달타였군!」

고오빈다는 큰소리로 외쳤다.

「이제야 자네를 알아보겠네. 어째서 내가 당장에 자네를 알아보지 못했는지 이해할 수가 없네. 반갑네, 싯달타. 자네를 다시 보는 내 기쁨이 말할 수 없네.」

「나 역시 자네를 다시 보게 되어 기쁘네. 게다가 내가 자는 동안 지켜 주기도 하였네. 사실상 나는 아무 보호를 바라지 않네만. 어디로 가는 건가? 오오, 친구여.」

「어디 정해진 곳은 없네. 우리 승려들은 장마철만 아니면, 언제든지 이곳에서 저곳으로 옮겨 가면서 계율을 좇아 살며 설법을 전파하고, 시주를 받고, 그리고 다시 옮겨 다니는 생활을 하네. 끊임없이 그렇게 살고 있지. 그런데 싯달타, 자네는 어디로 가는 길인가?」

싯달타는 말하였다.

「나 역시 자네와 마찬가지일세, 친구여. 어디라고 정해진 곳은 없네. 나는 그저 돌아다닐 따름일세. 순례의 길을 걷고 있지.」

고오빈다가 말하였다.

「자네는 순례하고 있다고 말하였지, 나는 그것을 믿네. 그렇지만 용서하게, 싯달타. 자네는 순례자 같은 행색은 아닐세 그려. 자네는 부자의 옷을 입고 귀족의 신을 신고 있네. 향내를 풍기고 있는 자네의 머리털은 순례자의 머리털도 사문의 머리털도 아닐세.」

「자네 말이 옳아. 친구여, 잘 보았네. 자네의 날카로운 눈은 모든 것을 보고 있네. 하지만 나는 내가 사문이라고 자네한테 말하지는 않았네. 나는 그저, 순례를 하고 있다고 했네. 그리고 사실이 그렇다네. 나는 순례의 길을 걷고 있네.」

고오빈다는 말하였다.

「자네가 순례의 길을 걷는다고는 하지만 그런 옷차림으로 그런 신을 신고 그런 머리로 순례하는 사람은 거의 없을 것일세. 벌써 여러 해 동안 순례의 길을 다녔지만 그런 순례자는 만난 적이 없네.」

「자네 말이 옳네, 나의 고오빈다. 하지만 오늘 자네는 그런 신을 신고, 그런 옷차림을 한 한 순례자를 만난 것일세. 생각을 해보게나 친구여. 형상의 세계는 무상하다네. 우리의 의복, 머리 모양, 그리고 머리털과 육신 자체는 무상한 것이네. 말할 수 없이 무상한 것이네. 지금 나는 부자의 옷을 입고 있네. 자네가 바로 보았네. 내가 부자의 옷을 입고 있는 것은 실상 나 자신이 부자였기 때문일세. 그리고 나는 속세의 탕아들과 같은 머리 모양을 하고 있네. 바로 내가 그런 속인의 한 사람이었기 때문이네.」

「그럼, 싯달타, 지금은 무엇이란 말인가?」

「모르겠네. 자네가 모르듯이 나도 알 수 없네. 나는 지금 도중에 있는 걸세. 나는 부자였지만 지금은 아니네. 내일 내가 무엇이 되는지는 지금 알 수 없네.」

「그럼 자네는 재산을 잃어버렸는가?」

「나는 재산을 잃어버렸네. 아니 그것이 나를 잃어버렸는지도 모르지. 어쨌든 그것은 나를 떠났네. 형상의 바퀴는 빨리 도는 것일세, 고오빈다. 브라만인 싯달타는 어디 있는가? 사문인 싯달타는 어디 있으며 부자인 싯달타는 어디 있는가? 무상한 것은 빨리 변하는 것일세. 고오빈다, 자네도 그것을 알 터일세.」

고오빈다는 의혹이 실린 눈으로 젊은 시절의 친구를 한동안 바라보았다. 그리고 나서 고귀한 사람에게 경의를 표하듯이 인사를 하고는 떠나갔다.

싯달타는 미소 띤 얼굴로 친구의 뒷모습을 바라보았다. 그는 여전히 변함없이 이 성실한 친구, 이 고지식한 친구를 사랑하고 있었다. 그리고 이 순간에, 그토록 신비스러운 잠을 자고 난 이 장려한 시간에, '옴'으로 가득 채워진 그가, 어찌 그 누구인들, 그 무엇인들 사랑하지 않을 수 있으랴! 모든 것을 사랑하고 눈에 뜨이는 모든 것에 대해 흔연한 사랑을 보내게 된 것이 잠을 자며 '옴'을 통하여 싯달타에게 일어난 신비로운 마술이었다. 그리고 그 마술로 인하여 지금의 싯달타에게는 과거의 자기가 너무나 심하게 병들어 있어서 어떤 사물이나 사람을 사랑할 수 없었던 것이라고 생각되었다.

미소 띤 얼굴로 싯달타는 멀어져 가는 승려의 뒷모습을 바라보았다. 잠은 그에게 힘을 주었지만 배고픔으로 몹시 괴로웠다. 실상 그는 이틀 동안이나 완전히 굶었고, 굶주림에 단련되었던 때는 까마득한 시절이었기 때문이다. 매우 고통스러웠으나 웃음으로써 그는 그 시절을 상기하였다. 그 당시, 그는 카마라 앞에서 세 가지 자랑을 하였고, 사실상 귀하고 아무나 극복할 수 없는 세 가지 기술, 단식과 인내와 사고(思考)를 행할 수 있지 않았던가. 그는 그런 것을 회상하였다. 그것은 그의 소유물이었고 그의 힘이었으며, 단단한 지주(支柱)였다. 부지런하고 노력하던 젊은 시절 동안 그가 습득한 것은 이 세

가지 기술뿐, 다른 것은 아무것도 없었다. 그런데 지금에 와서는 그 것들이 그를 떠나 버린 것이다. 단식도 인내도 사고도 이제는 그의 것이 아니었다. 너무나도 하잘것없는 것을 위하여 그는 그 기술들을 내버리지 않았던가! 말할 수 없이 덧없는 것을 위하여, 관능적인 쾌락을 위하여, 안락한 생활을 위하여, 부귀를 위해서 말이다. 그는 정말로 이상한 길을 걸어왔다. 그리고 지금에 와서는 그야말로 자신이 한낱 소인이 되어 버린 것 같은 생각을 떨칠 수 없었다.

싯달타는 자기의 처지에 대하여 곰곰이 생각해 보았다. 생각하는 것이 지금의 그에게는 힘이 들었고, 또 생각해 보고 싶은 마음도 없었으나 억지로 생각을 강행하였다.

그는 이런 생각을 하였다. 이제 이 모든 덧없는 일들이 내게서 떨어져 나간 지금 나는 일찍이 어린 시절 그랬던 것처럼 이 세상에 홀로 서게 되었다. 이제 내 것은 아무것도 없고, 아무런 가능성도 없으며, 아무런 능력도 가지고 있지 못하고, 아무것도 배운 것이 없다. 이 얼마나 이상한 일이냐! 이미 젊은 시절은 지나가고 머리는 반백이 되었으며 기운은 쇠해진 지금에 와서 다시금 처음부터 어린애가 되어 시작해야 하다니! 그는 웃지 않을 수 없었다. 그렇다, 그의 운명은 기이한 것이었다! 그는 지금 내리막길로 접어들고 있었다. 그런데 지금에 와서 그는 다시금 빈몸으로 발가벗은 채 어리석은 모습으로 세상에 서 있는 것이다. 그럼에도 불구하고 그는 전혀 비애를 느끼지 않았다. 아니, 오히려 웃고 싶은 충동을 강렬히 느꼈다. 자기 자신에 대하여, 이 야릇하고 어리석은 세상에 대하여 웃고 싶은 충동을.

「너는 내리막길로 접어들고 있다.」

그는 자신을 향해 말하며 웃었다. 그리고 그렇게 말하는 동안 그의 시선이 강물 위로 떨어졌다. 그러자 강물 역시 밑으로 밑으로 흘러가는 모습이 그의 눈에 비쳤다. 강물은 아래로 흘러가며 유쾌하게 노래를 하고 있었다. 그 광경이 그의 마음을 흡족하게 하였다. 그는 강물을 향해 정답게 미소를 던졌다.

이 강물이 바로 그가 빠져 죽으려 했던 그 강이 아니었던가? 그것은 몇백 년 전의 일이었던가? 아니면 꿈을 꾸었던가?

실로 나의 생애는 기묘하였다. 기묘하게 우회한 생애였다고 싯달타는 생각하였다. 소년 시절에는 오직 신들을 섬기며 제사하는 일로 지냈다. 청년이 되어서는 오로지 고행과 사고와 참선만을 일삼고, 범(梵)을 추구하며 아트만 속에서 영원을 숭상하였다.

좀더 나이가 들어서는 참회자들을 좇아 숲 속에 살면서 더위와 추위를 견디며 굶는 것을 익히고, 나의 육신에게 서서히 죽는 것을 가르쳤다. 그리고 나서 붓다의 가르침에서 불가사의하게 세계의 통일성에 대한 인식이 몸 속에서 나 자신의 혈액처럼 순환하고 있는 것을 느꼈던 것이다. 하지만 이 붓다에게서, 위대한 인식으로부터 다시금 떠나지 않을 수 없었다. 나는 그곳을 떠나 카마라에게 가서 사랑의 쾌락을 배웠고, 카마스바미에게서 장사를 배워 돈을 모으고 그것을 낭비하고, 나의 위(胃)를 사랑하게 되고 관능을 만족시키는 법을 배왔다. 그렇게 나는 정신을 상실하고, 사색을 잊어버리고 단일성을 망각한 채 오랜 세월을 흘려 보냈다.

그것은 곧 서서히 커다랗게 우회하며 인간에서 어린아이로, 사상가에서 소인배로 변해 온 과정이 아닌가? 어쨌든간에 이 길은 퍽 좋은 것이었다. 그래도 내 가슴속의 새는 죽지 않았다. 하지만 그 길은 대체 어떤 길이란 말인가? 나는 오로지 다시 어린아이가 되고 그래서 새로 시작할 수 있기 위하여 그토록 엄청난 어리석음을 저지르고 그토록 엄청난 악덕을 행하고, 그토록 엄청난 혐오감과 실망과 비애를 겪어야만 했던가? 하지만 새로이 시작할 수 있다는 것은 올바른 일이었다. 나의 심장은 거기에 대해 긍정의 답을 하고 있고, 나의 눈은 거기에 대해 웃음 짓고 있다. 이렇게 은총을 체험하기 위하여, 다시금 '옴'을 듣기 위하여, 다시금 올바로 잠자고 올바로 깨어날 수 있기 위하여 나는 절망을 체험하지 않으면 안 되었고 모든 생각 중에 가장 어리석은 생각인 자살의 생각에까지 빠져 들었던 것이다. 나는 나의 내부에서 다시금 아트만을 찾을 수 있기 위하여 바보가 될 수밖에 없었던 것이다. 나는 다시금 살 수 있도록 죄를 저질러야만 했었다. 이제 나는 어느 길로 가야 옳은가? 그 길은 상궤를 벗어난 길이다.

그 길은 고리 모양을 그리고 있다. 어쩌면 원을 그리며 가고 있는지 모른다. 그 길이 어떠한 길이라도 나는 그 길을 따라가련다.

이상스럽게도 그는 가슴속에 용솟음 치는 기쁨을 느꼈다.

그는 자신의 마음을 향해 물었다. 대체 어디에서 이 기쁨이 오는 것이냐? 그토록 마음을 편하게 해 주었던 잠에서 오는 것일까? 아니면 내가 입에 올린 '옴'이라는 말에서 오는 것일까? 아니면 내가 빠져 나왔다는 것, 나의 탈출이 완성되었다는 것, 나 자신이 마침내 다시금 자유로워져서 어린아이처럼 하늘 아래 서 있다는 사실에서 오는 것일까? 오오, 이 탈출, 자유를 얻었다는 것은 얼마나 좋은 것이냐! 여기의 공기는 이토록 아름답고 순수하며 얼마나 마시기에 좋은 것이냐! 내가 도망쳐 나온 곳, 그곳에서는 모든 것에서 향유 냄새, 향료 냄새, 술 냄새, 포만과 타성의 냄새가 풍겼었다. 이 부자의 세계, 식도락가의 세계, 도박꾼의 세계를 나는 얼마나 증오했던가! 이 끔찍스러운 세계 속에 그토록 오래 머물러 있었던 사실 때문에 스스로를 얼마나 미워했던가! 나는 얼마나 스스로를 미워하고, 버리고, 해치고, 괴롭히고, 늙게 하고, 악하게 만들었던가! 절대로 옛날처럼, 싯달타가 현명하다는 망상을 다시는 갖지 않을 것이다. 하지만 이제 나 자신에 대한 증오심, 그리고 그 어리석고 황량한 생활을 스스로 끝맺게 하였음은 잘한 일이요, 기쁜 일이요, 칭찬할 일이었다. 싯달타, 나는 너를 칭찬한다. 그토록 오랜 세월에 걸친 어리석음 끝에 다시 한 번 깨달음에 접하였음을! 너는 무엇을 행한 것이다. 너의 가슴속에서 우는 새소리를 듣고 그것을 쫓은 것이다! 이렇게 그는 자신을 칭찬하고 자신에 대해 기쁨을 느끼고 굶주림으로 꼬르륵대는 위장의 소리를 신기하게 들었다.

한 조각의 고통, 한 조각의 불행을 이 몇 날 동안 철두철미하게 맛보고 토해낸 것처럼, 그리하여 절망과 죽음에 이르기까지 완전히 먹어치운 것이다. 그러나 그것은 좋은 일이었다. 그렇지 않았다면 그는 아직도 카마스바미 곁에 머무르며 돈을 끌어들이고 탕진하며, 배를 불리고 영혼을 목마르게 하였을 것이다. 아직도 그 안락하고 푹신한 지옥 속에서 살고 있었을 것이다. 만약에 이런 순간이 없었더라면 완전히 위안을 잃은 절망의 순간, 흐르는 강물에 죽어 버리려고 작정했던 그 극단의 순간이 없었더라면 이같이 깊은 혐오감을 느꼈다는 것, 그러면서 거기에 지지 않았다는 것, 그의 내부의 즐거운 음성이요, 원천인 새[鳥]가 아직도 살아 있다는 것, 이런 점에 대해서 그는 기쁨을 느끼지 못했을 것이고 웃음 짓지 못했을 것이다. 그의 반백이 된 얼굴이 즐거움으로 빛나고 있었다.

'필연적으로 알아야 할 모든 것을 스스로 맛보는 것은 좋은 일이다.'

그는 이렇게 생각하였다.

'세속적인 쾌락과 부유가 좋은 것이 아니라는 것을 나는 이미 어린애일 적부터 배웠다. 그것을 안 것은 이미 오래되었지만 그것을 체험한 것은 바로 최근의 일이다. 이제는 그것을 잘 안다. 오로지 머리로만 알고 있는 것이 아니라, 나의 눈으로, 나의 심장으로, 나의 위장으로 알고 있다. 그것을 알게 된 것은 얼마나 다행인가?'

한참 동안 그는 자신의 변화에 대해 깊은 생각에 잠겼고 기쁨에 넘쳐 노래하는 새소리에 귀를 기울였다. 이 새는 그의 내부에서 죽지 않았던가? 그는 자신의 죽음을 느끼지 않았던가? 아니, 그의 내부는 다른 것, 이미 오랫동안 죽는 것을 동경해 왔던 그 무엇이 죽어 버린 것이다. 그것은 일찍이 그가 뜨겁게 참회에 몰입했던 시절, 죽이고자 하였던 바로 그것이 아니었던가? 그것은 그의 자아, 하잘것없고 불안하고 오만한 자아, 그것 때문에 그토록 오랜 세월 싸워 왔지만 끊임없이 다시 정복당하고, 죽었다가는 번번이 다시 살아나 기쁨을 차단하고 두려움을 느끼게 만들던 그의 소아(小我)가 아니었던가? 여기 이 사랑스러운 강가 숲 속에서, 오늘 마침내 이 소아가 죽음을 찾은 것이 아닌가? 그가 지금 어린아이처럼 이토록 자신감 있게, 두려움 없이 기쁨에 넘칠 수 있는 것은 이 소아가 죽었기 때문이 아닌가?

이제 싯달타는 왜 그가 브라만으로서, 참회자로서 이 자아와 헛되이 싸웠는가를 깨닫게 되었다. 너무나 많은 지식, 너무나 많은 성구(聖句), 너무나 까다로운 제사 규범, 너무나 지나친 금욕, 너무나 지나친 실천과 노력이 자아를 죽이는 데 방해가 되었다. 그는 오만에 가득 차 있었던 것이다. 그는 항상 가장 현명한 자요, 항상 지식인이고 사상가였으며 항상 승려이거나 현자였던 것이다. 이 승려라는 근성 속에, 이 오만 속에, 이 영적인 것 속에, 그의 자아가 웅크리고 확고하게 자리잡고 앉아 자라나고 있는데, 그는 단식과 참회로써 헛되이 그것을 죽이려고 애썼던 것이다. 이제 그는 그것을 알게 되었다. 어떠한 스승도 자신을 가르침으로 구제할 수는 없다는 것을 알게 되었다. 가슴속의 음성이 옳았다는 것을 안 것이다. 자기 안에 도사린 승려와 사물을 죽게 하기 위하여 그는 세상에 나가지 않을 수 없었고, 쾌락과 권세, 여자와 돈에 자신을 내맡기고, 장사꾼이 되고 도박꾼이 되고 주정꾼, 탐욕자가 되어야 했었다.

그리고 끝에 이르기 위하여, 쓰디쓴 절망에 이르기 위하여, 아울러 방탕아 싯달타, 탐욕자 싯달타가 죽을 수 있게 하기 위하여 그는 끔찍스러운 몇 해를 견디지 않을 수 없었고, 혐오감을, 황량하고 타락한 생활의 무의미와 공허를 참고 견뎌야 했던 것이다. 그는 죽었다. 그리고 새로운 싯달타가 잠에서 깨어났다. 깨어난 싯달타 역시 늙을 것이고 언젠가는 죽어야 할 것이다. 싯달타는 무상한 존재였다. 무릇 모든 형상은 무상한 것이었다. 하지만 오늘의 그는 젊고 어린애이며, 새로운 싯달타이고, 기쁨에 충만해 있었다.

그는 이와 같은 생각을 하며, 미소 띤 얼굴로 자신의 뱃속에 귀기울여 감사한 마음으로 벌처럼 붕붕거리는 소리를 들었다. 맑은 시선으로 그는 흐르는 강물을 들여다보았다. 지금의 이 강물처럼 마음을 잡아 끈 적도 없었으며 강물이 유유하게 흐르는 소리와 모습이 이처럼 힘차고 아름답게 들린 적도 없었다. 마치 이 강물이 특별한 무엇인가를, 그가 아직 알지 못하고 그를 아직도 기다리고 있는 무엇을 말하는 것처럼 보였다. 이 강물 속에 싯달타는 빠져 죽으려 했었다. 시달리고 절망에 빠진 옛 싯달타는 이 강물 속에서 죽어 버렸다. 하지만 이제 새로 태어난 싯달타는 이 흐르는 강물에 깊은 사랑을 느껴 전처럼 쉽사리 이 강을 떠나지 않으리라 결심하였다.

뱃사공

'이 강에 나는 머물러 있으리라.'

싯달타는 이렇게 생각하였다.

이 강은 일찍이 내가 소인배들에게로 가던 길에 건넜던 그 강이다. 그때 어떤 친절한 사공이 나를 건네 주었지. 그 뱃사공에게 가야겠다. 지금은 이미 낡고 죽어 버린 삶이 되었지만 그 사람의 오두막집으로 새로운 삶으로 나의 길이 인도되었던 것처럼, 지금 나의 행로도, 나의 새로운 삶도 그곳에서 출구를 찾을 수 있기를!

그는 사랑이 넘치는 시선으로 흐르는 물 속을 들여다보았다. 투명한 초록빛을, 신비스러운 파문을 그리는 수정 같은 물결을 들여다보았다. 그는 깊은 물 속에서 반짝이는 진주가 솟아오르는 것을 보았으며, 잔잔한 물거품이 이는 수면 위로 푸른 하늘이 비치는 것을 보았다. 강물은 수천의 눈으로 그를 바라보고 있었다. 초록빛 눈으로, 흰빛 눈으로, 혹은 수정 같은 눈으로, 혹은 하늘빛 눈으로 바라보고 있었다. 그는 얼마나 이 강물을 사랑하며 강물은 얼마나 그를 매혹시키는지! 그는 얼마나 강에 대해 감사했던가! 그는 마음속에서 새로이 깨어나는 음성을 들었다. 그 음성은 그에게 이렇게 말하였다. 이 강을 사랑하라. 이 곁에 머물러라. 그리고 강으로부터 많은 것을 배워라. 그렇다, 그는 물에게서 배우고자 하였다. 물소리에 귀기울이고자 하였다. 이 물과 이 물의 비밀을 이해하는 자는 다른 많은 것을, 많은 비밀을, 모든 비밀을 이해하리라는 생각이 들었다.

강의 많은 비밀 가운데에서 오늘 그는 또 한 가지를 보았고 그 한 가지에 그의 영혼은 사로잡히고 말았다. 그는 보았다. 이 물은 흐르고 흐르며 영원히 흘러가지만 언제나 그곳에 존재하고 있다. 그리하여 언제나 같은 존재이면서도 순간마다 새로운 존재였다. 오오, 누가 그것을 포착하며 그것을 이해하랴! 싯달타 역시 그것을 이해하지도 포착하지도 못하였다. 다만 예감으로써 아득한 기억과 신성한 음성이 들려오는 것을 느낄 뿐이었다.

싯달타는 일어섰다. 배고픔으로 인한 뱃속의 요동을 참을 수가 없었다. 그는 배고픔을 감수하며 강변길을 따라 강줄기를 거슬러 올라가면서 흐르는 물소리와 뱃속에서 꼬르륵대는 소리에 귀를 기울였다.

나루터에 도착했을 때 마침 배가 대기하고 있었다. 그리고 일찍이 젊은 사문 싯달타를 건네 주었던 같은 뱃사공이 배 위에 서 있었다. 싯달타는 그를 알아보았다. 사공 역시 무척 늙은 모습이었다.

「나를 건네 주시겠습니까?」

그는 물었다.

사공은 지체 높은 옷차림을 한 남자 혼자서, 그것도 맨발의 행색을 보고 놀라면서 그를 배 위에 태워 나루터를 떠났다.

「당신은 참 좋은 생활을 택하셨소.」

싯달타는 말하였다.

「매일처럼 이 물에서 살며 물 위를 다니는 것은 분명히 좋은 일일 것입니다.」

사공은 웃음을 띤 채 노를 젓고 있었다.

「손님 말씀대로 좋은 일이지요. 그렇지만 어떠한 생활, 어떠한 일도 다 아름다운 것이 아닐까요?」

「그럴는지 모르지요. 하지만 나는 당신의 일이 부럽군요.」

「아, 그러나 당신 같으신 분은 곧 흥미를 잃어버릴 것입니다. 이 일은 좋은 옷을 입은 사람들한테 어울리는 것이 아니지요.」

싯달타는 웃었다.

「오늘은 벌써 두 번씩이나 내 옷 때문에 오해를 받았지요. 사공이여, 나를 성가시게 하는 이 옷을 받아주시지 않겠소? 실상 나는 당신한테 지불할 뱃삯조차 없는 몸이라는 것을 알리지 않을 수 없소이다.」

「농담이시겠지요.」

뱃사공은 웃었다.

「농담이 아닙니다. 친구여, 이거 보십시오. 언제였던가 당신은 삯을 받지 않고 나를 당신 배에 태워 강을 건네 준 적이 있었습니다. 오늘도 그렇게 하시지요. 그 대신 나의 옷을 받으십시오.」

「그럼 손님께서는 옷도 없이 여행을 계속하겠다는 말씀입니까?」

「아아, 나는 계속 길을 떠나려는 생각이 조금도 없습니다. 사공이여, 만약 당신의 헌옷이라도 한 벌 주시고 당신의 조수로 있으면서 당신 곁에 머무르도록 허락해 주신다면 정말 좋겠습니다. 아니, 조수라기보다는 제자라고 해야 마땅하겠지요. 먼저 배 부리는 법부터 배워야 할 테니 말이지요.」

뱃사공은 한참 동안 무엇을 알아내려는 듯이 나그네를 유심히 바라보았다.

「이제야 당신을 알아보겠습니다.」

마침내 그는 말하였다.

「언젠가 당신은 나의 오두막에서 자고 간 적이 있었지요. 벌써 오래전 일이지요. 아마 이십 년도 더 되었을 것입니다. 그때 나는 당신을 강 건너에 태워다 주었고 우리는 서로 친한 친구처럼 작별을 하였습니다. 그때 당신은 사문이 아니었던가요? 당신의 이름은 생각나지 않습니다만.」

「나는 싯달타라고 합니다. 그리고 당신이 나를 보았을 때는 사문이었지요.」

「반갑소이다, 싯달타. 나는 바수데바라는 사람입니다. 오늘도 당신은 나의 손님으로 나의 오두막에 머물면서, 어디서 오시는 길이며, 왜 당신의 좋은 의복이 그토록 거추장스러운지를 말씀해 주시기 바랍니다.」

그들은 어느새 강 한가운데에 다다랐다. 바수데바는 강의 흐름을 거슬러 가기 위해 더욱 힘차게 노를 저었다. 뱃머리에 시선을 두고 기운찬 팔뚝으로 그는 묵묵히 배를 부리고 있었다. 싯달타는 그를 바라보며, 일찍이 자기의 사문 시절의 마지막 날, 이 남자에 대한 사랑이 가슴속에 솟아오르던 일을 회상하였다. 감사한 마음으로 그는 바수데바가 배를 말뚝에 동여매는 일을 도와주었다. 이어 사공은 싯달타를 오두막으로 안내하고 빵과 물을 대접하였다. 싯달타는 즐겁게 먹었고 바수데바가 권하는 망고나무 열매도 기꺼이 먹었다. 그리고 그들은 강가 나무 밑에 앉았다.

해가 지고 있었다. 싯달타는 사공에게 자기의 내력과 생애를 말하고, 조금 전 절망에 빠졌던 순간 눈앞에서 본 것을 이야기해 주었다. 그의 이야기는 밤이 이슥하도록 계속되었다.

바수데바는 주의깊게 이야기에 귀를 기울였다. 모든 이야기를 열심히 경청하였다. 싯달타의 출신과 어린 시절, 연구와 탐구, 모든 추구, 모든 기쁨, 모든 고통을 경청할 줄 아는 것, 이것이야말로 뱃사공이 지닌 미덕 중에 가장 큰 것이었다. 그럴 수 있는 사람은 이 세상에

극히 소수에 지나지 않는다. 비록 그는 한마디 말도 하지 않았지만, 말하고 있는 싯달타는 느끼고 있었다. 바수데바는 조용히 마음을 열고, 기다리는 마음으로 자기의 말을 받아들이고 있다는 것을. 한마디도 놓치지 않고, 초조하게 기다리는 기색도 없이, 칭찬도 나무람도 덧붙이지 않고, 오로지 열심히 듣기만 하고 있다는 것을 상대로 하여금 느끼게 하였다. 이 같은 사람에게 마음을 털어놓고, 그의 심장에다 자신의 생애를, 자신이 추구한 바와 자신의 고뇌를 침전시킨다는 것은 말할 수 없는 행복이라는 것을 싯달타는 느꼈다.

싯달타의 이야기가 거의 끝나갈 즈음, 그가 강가의 나무에 대하여, 그의 깊은 절망에 대하여, 신성한 '옴'에 대하여, 자고 난 후에 느낀 강에 대한 사랑에 대하여 말하였을 때, 뱃사공은 더 한층 긴장하여 마음을 집중시키고 눈을 감은 채 신경을 집중하여 귀를 기울였다.

하지만 싯달타의 이야기가 끝나고도 오랜 침묵이 계속된 후에야 바수데바는 입을 열었다.

「그것은 내가 생각한 것과 같습니다. 강은 당신에게 말했던 것이지요. 강은 당신에게도 친구가 되어 당신을 향해서도 입을 열었습니다 그려. 잘된 일입니다. 그것은 참 좋은 일입니다. 이제는 나와 함께 지냅시다. 싯달타, 나의 친구여. 나는 아내가 있었습니다. 아내의 침대가 내 침대 옆에 놓여 있지요. 그렇지만 아내가 오래 전에 죽어서 나는 혼자 살아온 지 오래됩니다. 자, 나와 같이 삽시다. 잠자리와 먹을 것도 두 사람이 쓰기엔 넉넉하오.」

「감사합니다.」

싯달타는 말하였다.

「감사히 그 호의를 받지요. 그리고 바수데바, 나의 이야기를 그토록 잘 들어 주신 것도 감사합니다. 남의 말을 들을 줄 아는 사람은 퍽 드물지요. 당신처럼 잘 들을 줄 아는 사람은 만나본 적이 없소. 그 점에 대해서도 당신에게 배워야겠소.」

「당신은 그것을 배우실 것입니다.」

바수데바는 말하였다.

「그렇지만 나에게서는 아닐 것입니다. 듣는 법은 강이 내게 가르쳐 준 것이지요. 당신 역시 그것을 강한테서 배우실 것입니다. 강은 모든 것을 알고 있으므로 우리는 모든 것을 강에서 배울 수 있습니다. 보십시오, 당신은 이미 이 강에서 배운 것이 있습니다. 밑으로 내려가 침잠하여 깊은 것을 추구하는 것은 좋은 일이라는 것을 당신은 배웠소이다. 부귀를 누리던 싯달타가 노잡이가 되고, 학식 많은 브라만의 아들 싯달타가 뱃사공이 된다는 것, 이것 역시 강이 당신한테 가르쳐 준 것이지요. 당신은 다른 것도 강에게서 배우게 될 거요.」

한동안의 침묵 끝에 싯달타가 입을 열었다.

「다른 것이란 무엇이지요? 바수데바.」

바수데바는 일어섰다.

「밤이 늦었소. 이제는 잠자리에 듭시다.」

그는 말하였다.

「나는 그것을 말로 할 수가 없습니다. 오오, 친구여, 당신은 그것을 배울 것입니다. 아니, 혹시 당신은 이미 알고 있는지도 모르지요. 보시오, 나는 학자가 아니어서 말을 할 줄도, 사고할 줄도 모릅니다. 나는 다만 들을 줄 알며 경건한 마음을 가질 수 있을 뿐입니다. 그 외에는 아무것도 배운 것이 없지요. 내가 이야기하는 재주와 남을 가르치는 재주를 갖고 있다면 현자로 불리웠을 것이오. 그렇지만 나는 일개 뱃사공일 따름입니다. 나의 임무는 사람들을 태워 이 강을 건네주는 것입니다. 많은 사람을, 수천 사람을 나는 건네 주었지요. 그들 모두에게 있어 나의 강은 자기네 여행길에 한낱 장애물에 지나지 않았을 것입니다. 그들은 돈과 장사를 위하여, 결혼을 하기 위하여, 순례를 하기 위하여 여행하고 있었습니다. 그런데 이 강은 그들의 길에 방해가 되었지요. 그리고 나는 그들이 속히 방해물을 건너가게 하기 위해 거기에 있었던 것이지요. 수천 사람 중의 몇 사람, 극소수의 사람, 넷 또는 다섯 사람한테만 이 강이 장애물이 아니었을 것입니다. 귀를 기울여 그 소리를 들었으며 내게 그랬던 것처럼 강은 그들에게 신성한 존재가 되었습니다. 자, 이제 쉬러 갑시다, 싯달타.」

싯달타는 뱃사공 곁에 머무르면서 배를 다루는 법을 배웠고 나루에서 할 일이 없을 때에는 바수데바와 함께 밭에서 일을 하거나 나무를 하고 과일도 땄다. 그는 노 만드는 법을 배웠고, 배를 손질하는 법을 배웠고, 바구니 엮는 법을 배웠다. 그리고 배우는 모든 것에 기쁨을 느꼈다. 하지만 바수데바가 가르쳐 줄 수 있었던 것보다 훨씬 더 많은 것을 강이 가르쳐 주었다. 그는 강으로부터 끊임없이 배웠다. 무엇보다도 듣는 법을, 조용한 마음으로, 영혼을 열고 기다리는 마음으로, 열정도, 욕망도, 비판도, 의견도 없이 귀를 기울여 듣는 법을 배웠다.

그는 바수데바와 다정하게 살았다. 그리고 이따금 그들은 서로 오래 생각한 몇 마디 안 되는 말을 주고받았다. 바수데바는 말을 좋아하는 사람이 아니어서 싯달타는 말을 하게끔 그를 움직이려 하였지만 뜻을 이룬 적이 드물었다.

어느 날 그는 바수데바에게 물었다.

「당신 역시 강에게서 시간이란 존재하지 않는다는 비밀을 배웠습니까?」

바수데바의 얼굴은 밝은 웃음으로 가득 찼다.

「그렇습니다, 싯달타.」

그는 말하였다.

「당신이 의미하는 것은 필시 이런 것일 겁니다. 강은 어디에서나 동시에 존재한다는 것, 원천에서나, 강 어귀에서나, 폭포에서나, 나루터에서나, 여울에서나, 강에서나, 산에서나, 어디에서든 동시에 존재하며 강에는 오로지 현재가 있을 뿐, 과거의 그림자도, 미래의 그림자도 없다는 것, 그런 것이 아닙니까?」

「바로 그것입니다.」

싯달타는 말하였다.

「그리고 그것을 깨닫는 순간 나의 일생을 보았지요. 그것 역시 한 줄기 강이었습니다. 소년 싯달타는 한낱 그림자를 통해서만 어른 싯달타, 노인 싯달타와 떨어져 있을 뿐이지요. 현실을 통해서 떨어져 있는 것은 아닙니다. 그러니까 싯달타의 전생 역시 과거가 아니었고, 그의 죽음과 범(梵)으로의 귀환도 미래가 아닌 것이지요. 과거의 것도 미래의 것도 없는 것입니다. 모든 것은 현재에 존재할 뿐이며, 모든 것은 본질과 현존을 지니고 있을 뿐이지요.」

싯달타는 환희에 가득 차서 말하였다. 이 깨달음이 그를 그토록 기쁘게 하였다. 오오, 그렇다면 모든 번뇌의 원인은 시간이 아닌가? 모든 고통과 공포는 시간에서 생기는 것이 아닌가? 인간이 이 시간을 뛰어넘고 시간을 없는 것으로 생각한다면, 당장 세상의 모든 어려움과 반목은 없어지고 극복할 수 있는 것이 아닌가? 그는 열심히 말하였다. 하지만 바수데바는 아무 말도 없이 환하게 미소 지은 얼굴로 그를 바라보며 그저 옳다는 듯 묵묵히 고개를 끄덕이더니 손을 들어 싯달타의 어깨를 쓰다듬었다. 그리고는 자기의 일로 되돌아가는 것이었다.

그리고 또 어느 날, 장마가 져서 강물이 불어나 세차게 흐르자 싯달타는 말하였다.

「오오, 친구여, 강은 이토록 많은 음성을, 실로 많은 음성을 가진 것이로군요. 강은 황제의 음성을, 투사의 음성을, 황소의 음성을, 밤새[夜鳥]의 음성을, 산모의 음성을, 탄식하는 자의 음성을, 그리고 또 다른 수천 가지 음성을 가진 것이 아닐까요?」

「그렇소.」

바수데바는 고개를 끄덕였다.

「강물 소리 안에는 삼라만상의 목소리가 다 깃들어 있지요.」

「그렇다면······.」

하고 싯달타는 말을 이었다.

「만일 당신이 강의 수천 가지 모든 음성을 동시에 들을 수 있다면, 그때 내는 강물의 소리는 어떤 것입니까?」

바수데바의 얼굴은 행복하게 웃고 있었다. 그는 싯달타를 향해 고개를 숙이더니 그의 귀에다 거룩한 소리 '옴'이라고 말하였다. 그것은 싯달타 역시 들었던 바로 그 소리였다. 그리고 시간이 갈수록 싯달타의 미소도 뱃사공의 미소를 닮아갔다. 사공의 미소처럼 환히 빛나고, 거의 같이 행복을 발하며, 잔주름 많은 노인다워져 갔다.

두 사람을 보는 많은 여행자들은 그들을 형제로 생각하였다. 그들은 저녁이면 곧잘 강언덕 나무 밑에 같이 앉아서 말없이 강물 소리에 귀를 기울였다. 그것은 그들에게는 이미 물이 아니라, 삶의 음성이요, 존재자의 소리, 생성되어 가는 자의 소리였다. 그리고 그들 둘이 강의 소리를 들을 때 똑같은 대상을 생각하는 일이 종종 있었다. 며칠 전의 대화를, 어느 나그네를, 그들을 사로잡고 있는 나그네의 얼굴과 운명을, 죽음을, 그들의 어린 시절을 동시에 생각하는 일이 종종 일어났다. 그리고 강물이 그들에게 무언가 좋은 것을 이야기해 주었을 때는 동시에 똑같은 것을 생각하면서 서로 마주 보며 같은 물음에 대한 같은 대답을 하게 된 것을 무척이나 행복하게 여겼다.

이 나루터와 두 사공에게서는 무엇이라 이름할 수 없는 분위기가 감돌고 있어 여행자들 중 많은 사람들이 그것을 느꼈다. 어떤 여행자는 두 뱃사공 중의 어느 한 얼굴을 보면서, 자기의 생각을 말하고 괴로움을 말하고 죄를 고백하고 위안과 충고를 구하는 일이 종종 있었다. 어떤 여행자는 강물 소리를 들어보기 위하여 하룻밤의 잠자리를 구하기도 하였다. 또한 호기심 많은 사람은 이 나루에 두 사람의 현자, 또는 마술사, 아니면 성자가 살고 있다는 말을 듣고 확인하기 위하여 일부러 찾아오기도 하였다. 호기심으로 찾아온 사람들은 많은 질문을 하였지만 아무런 대답도 얻지 못하였다. 그리고 그들은 마술사도 현자도 만나지 못하고 다만 두 사람의 친절한 노인을 발견할 뿐이었다. 그저 말이 없고 어딘가 야릇하고 멍청해 보이는 두 노인을. 그래서 호기심으로 찾아온 사람들은 어리석고 경박하게 그처럼 허황된 소문을 퍼뜨리는 세상 사람들을 비웃었다.

세월은 덧없이 흘러갔다. 하지만 아무도 그것을 헤아려 보지는 않았다. 그러던 어느 날 순례중인 고오타마 붓다의 제자인 한 무리의 승려들이 몰려와서 강을 건네 주기를 청하였다. 그래서 두 뱃사공은 그 승려들이 서둘러서 그들의 위대한 스승에게로 되돌아가는 길이라는 것, 그들이 그렇게 서두르는 이유는 지존께서 위독하시어 이제 곧 최후의 인간적인 죽음을 겪으시고 해탈의 경지에 들어가실 것이라는 소문이 널리 퍼져 있기 때문이라는 것을 알게 되었다. 얼마 지나지 않아서 다시금 새로운 무리의 승려들이 몰려왔고, 또 새로운 무리의 승려들이 연달아 왔다. 그리고 승려들과 마찬가지로 다른 여행자와 길손들도 대부분 고오타마와 그의 입적에 대해서만 말하고 있었다. 그리고 마치 전사들의 행렬이나 제왕의 대관식으로 사방에서 사람들이 몰려들듯이, 개미떼들이 모여들듯이, 무슨 마력에 끌리듯이 그들은 몰려가고 있었다. 위대한 붓다가 입적(入寂)을 기다리고 있는 곳으로. 무언가 위대한 일이 일어난다고 하는 곳으로, 한 시대의 위대한 완성자가 열반에 이르려 한다는 곳으로.

싯달타는 그 시간 동안, 죽음을 기다리고 있는 위대한 스승에 대하여 많은 생각을 하였다. 중생을 일깨우고 수십만의 사람을 깨우쳐 주었던 그의 음성, 싯달타 자신의 귀로도 일찍이 들었던 음성을, 싯달타 자신도 일찍이 외경(畏敬)의 마음으로 바라보았던 그 거룩한 얼굴을 생각하였다. 그는 정답게 붓다를 생각하였다. 완성으로 이르는 그의 도정(道程)을 눈앞에 그려 보고 일찍이 자신이 젊었을 때 지존을 향해 하였던 몇 마디 말을 웃음 지으며 회상해 보았다. 그것은 지금 생각하면 오만하고 건방지지 않았나 하는 생각이 들었다. 그의 가르침을 그대로 받아들일 수는 없었지만, 그는 이미 오래 전부터 고오타마와 아주 떨어져 있지 않다는 것을 깨닫고 있었다. 아니, 참으로 도를 찾아내고자 하는 구도자라면 아무런 가르침도 받아들일 수가 없는 법이었다.

하지만 일단 찾은 자는 어떠한 가르침, 어떠한 길, 어떠한 목표라도 인정할 수가 있는 것이다. 그리고 그렇게 찾은 자는 영원 속에 살고 있고 신성(神聖)을 호흡하는 다른 수천의 인간들과 다를 바가 없다.

그토록 많은 사람들이 입적하려는 붓다를 찾아갈 즈음의 어느 날, 한때 절세의 기생이었던 카마라도 붓다를 찾아가고 있었다. 이미 오래 전부터 그녀는 과거의 생활을 떠나서 자신의 정원을 고오타마의 승려들에게 시주하고 붓다의 가르침에 귀의하였다. 그리하여 이제는 순례자들의 친구이자 보호자가 되었다.

고오타마의 입적이 가까워졌다는 소식을 듣자, 그녀는 그녀의 아들, 어린 싯달타와 같이 간단한 차림새로 길을 떠났다. 도보 여행이었다. 어린 아들과 함께 그녀는 강가에 이르렀다. 하지만 어린 것은 곧 피로하여 집에 돌아가자고 보채고, 쉬자고 보채고, 먹을 것을 달라고 보채고 떼를 쓰며 울었다. 그래서 카마라는 자주 쉬어야 했다. 아이는 어머니를 이기고 자기 고집을 내세우는 데 길들어 있었기 때문에 어머니는 아이에게 먹을 것을 주고, 달래고, 야단치고 하는 수밖에 없었다. 어린애는 왜 자기가 어머니와 같이 이토록 괴롭고 서글픈 순례의 길을 떠나지 않으면 안 되는지, 왜 알지도 못하는 곳으로, 지금 임종의 자리에 누웠다는 성자(聖者)라는 알지 못하는 사람에게로 가야만 하는지 영문을 몰랐다. 그 성자가 죽는다 한들 그것이 이 어린애에게 무슨 상관이 있으랴?

순례하는 모자(母子)가 바수데바의 나루터에서 멀지 않은 곳에 이르렀을 때, 어린 싯달타는 다시금 쉬어 가자고 어머니를 졸랐다. 카마라 자신도 지쳐서 어린 것이 바나나를 씹어 먹는 사이에 땅바닥에 웅크리고 앉아 잠시 눈을 감고 쉬고 있었다. 그러던 그녀가 갑자기 비명을 질렀고 소년은 깜짝 놀라 어머니를 보았다. 어머니의 얼굴은 공포로 파랗게 질렸고, 옷자락 밑으로는 작고 새카만 뱀이 한 마리 도망치고 있었다. 그녀를 문 것이었다.

황급히 두 모자는 사람을 찾기 위해 길을 달려 나루터 부근에까지 이르렀다. 카마라는 그곳에 쓰러져서 도저히 더 이상 갈 수 없게 되었다. 소년은 계속 비명을 지르며 어머니의 목을 끌어안고 입을 맞추고 하였다. 어머니도 아이와 함께 도와달라고 힘껏 소리를 질렀다. 마침내 모자의 소리가 나루터 부근에 있던 바수데바의 귀에까지 들려왔다. 바수데바는 서둘러 달려가서 카마라를 팔에 안아 배 안에 실었고 어린애도 달려와 행동을 같이하였다. 그리하여 그들은 곧 오두막집에 당도하였다. 집에서는 마침 싯달타가 아궁이 앞에 서서 불을 지피고 있었다. 그는 머리를 들어 맨 먼저 어린애의 얼굴을 보았다. 어린애의 얼굴은 싯달타로 하여금 이상하게도 기억을 더듬게 하여 무엇인가를 상기시켜 주었다. 그는 이어서 카마라를 보았고 의식을 잃고 뱃사공의 팔에 안겨 있는 그녀를 당장에 알아보았다. 곧이어 그는 자기에게 그토록 많은 것을 상기시켜 주었던 얼굴이 자기 자신의 아들이라는 것을 알아차렸다. 그의 가슴이 세차게 두근거렸다.

카마라의 상처를 씻었으나 이미 상처는 검게 변하고 몸은 부어올라 있었다. 물약을 입에 흘려 넣자 카마라의 의식이 회복되었다. 그녀는 오두막집 안 싯달타의 침상에 누워 있었고, 그녀의 머리맡에는 일찍이 자신이 그토록 열렬히 사랑했던 싯달타가 구부정하니 서 있었다. 그녀는 꿈을 꾸고 있는 것 같았다.

그녀는 옛 애인의 얼굴을 쳐다보다가 한참만에야 자신의 상황을 깨닫고 뱀에게 물렸던 기억을 되살리며 걱정스럽게 어린애를 소리쳐 불렀다.

「어린애는 당신 옆에 있소, 걱정 마시오.」

싯달타는 말하였다.

카마라는 그의 눈을 응시하였다. 그녀는 독(毒)기운으로 마비되어 굳어지기 시작한 혀로 말하였다.

「당신은 늙으셨군요. 머리도 하애지고요. 그래도 당신은 그 옛날, 옷도 입지 않고 더러운 발로 저를 찾아왔던 그 젊은 사문과 똑같습니다. 저와 카마스바미를 버리고 떠나시던 때보다도 지금이 훨씬 그 사문과 똑같아요. 싯달타, 당신의 눈은 그 사문의 눈과 똑같습니다. 저도 늙었어요. 아주 늙은 걸요. 그런데도 당신은 저를 알아보셨나요?」

싯달타는 미소 지었다.

「당장에 나는 당신을 알아보았소, 사랑하는 카마라.」

카마라는 어린애를 가리키며 말하였다.

「당신은 저 아이도 알아보겠어요? 당신의 아들입니다.」

여인의 눈은 흔들리더니 감겨 버렸다. 어린애는 울부짖었다. 싯달타는 아이를 무릎 위에 앉히고 울도록 내버려두며 머리를 쓰다듬어 주었다. 어린애의 얼굴을 쳐다보며, 싯달타 자신이 어린애일 적에 배웠던 브라만의 기도를 생각했다. 천천히 노래를 부르듯이 그는 그 기도문을 외웠다. 그의 과거로부터, 어린 시절로부터 기도의 구절이 물 흐르듯 흘러나온 것이다. 그리고 그의 노랫소리에 어린애는 잠잠해졌다가 다시금 훌쩍훌쩍 울기를 반복하더니 잠이 들어 버렸다. 싯달타는 어린애를 바수데바의 침상 위에 눕혔다. 바수데바는 부뚜막에 서서 밥을 짓고 있었다. 싯달타가 그를 향해 시선을 돌리자 바수데바는 미소 지으며 그의 시선에 대답하였다.

「이 여인은 죽을 것입니다.」

싯달타는 소리 죽여 말하였다.

바수데바는 고개를 끄덕였다. 그의 다정한 얼굴 위로 아궁이의 불빛이 밝게 반사되었다. 다시 한 번 카마라는 의식을 되찾았다. 고통으로 그녀의 얼굴은 일그러져 있었다. 싯달타는 그녀의 입과 창백한 뺨에서 고통을 읽었다. 소리없이 그는 그것을 읽었다. 조용히 기다리는 마음으로 그녀와 고통을 함께하면서. 카마라는 그것을 느꼈다. 그녀의 시선은 싯달타의 눈을 더듬고 있었다.

「당신의 눈도 변하였다는 것을 보니 알겠습니다. 눈이 아주 달라졌어요. 그런데 당신이 싯달타라는 것을 내가 어떻게 알았을까? 당신은 싯달타이면서 싯달타가 아니로군요.」

싯달타는 대답 대신 눈으로 카마라의 눈을 들여다보았다.

「당신의 목적에 도달하셨는지요? 당신은 평화를 찾았나요?」

그녀는 물었다.

싯달타는 미소 지으면서 자기의 손을 카마라의 손 위에 얹었다.

「저는 알고 있어요. 저도 평화를 찾을 것입니다.」

그녀는 말하였다.

「당신은 이미 평화를 찾았소.」

싯달타는 속삭이며 말하였다.

카마라는 그의 얼굴에서 눈을 떼지 않았다. 그녀는 자기가 고오타마를 향해 순례의 길을 떠났다는 것을, 완성자의 얼굴을 보기 위해서, 완성자의 평화를 빨아들이기 위해서 길을 떠났다는 것을 상기하였다. 그리고 이제 고오타마를 만나 보는 대신에 싯달타를 발견했던 것이다. 그것은 좋은 일이었다는 것, 붓다를 만난 것 못지않게 좋은 일이었다는 것을 상기하였다. 그녀는 그 말을 싯달타에게 하고 싶었지만 이미 혀가 자기 마음대로 움직이지 않았다. 그래서 말없이 그녀는 싯달타를 바라볼 뿐이었다. 그리고 싯달타는 그녀의 눈빛에서 생명이 꺼져가는 것을 보았다. 최후의 고통이 그녀의 눈에서 참다가 부서질 때, 최후의 전율이 그녀의 사지를 스쳐 지나갈 때, 싯달타의 손은 카마라의 눈을 감겨 주었다.

그는 오랫동안 그대로 앉아 그녀의 숨진 얼굴을 바라보았다. 그는 그녀의 입을, 얇다란 입술, 늙고 지친 입을 들여다보았다. 그리고 일찍이 청춘 시절에 자기가 이 입을 무르익은 신선한 무화과에 견주던 일을 상기하였다. 오랫동안 그는 그 자리에 앉아 핼쑥한 얼굴과 피로에 지친 주름살을 들여다보는 일에 도취돼 있었다. 그리고 자기 자신의 얼굴 역시 창백하고 퇴색한 모습으로 거기에 누워 있음을 보았다. 그는 동시에 붉은 입술과 이글이글 타는 듯한 눈을 가진 자기와 그녀의 젊은 얼굴을 보았다. 그리고 현재라는 감정과 동시성이라는 감정이, 영원에 대한 의식이 철두철미하게 그를 파고들었다. 그는 이 순간에 깊게, 어느 때보다도 깊게 모든 생의 불멸성과 온갖 순간이 갖는 영원성을 느꼈던 것이다.

그가 몸을 일으켰을 때, 바수데바는 그를 위해 밥을 차려 놓고 있었다. 그러나 싯달타는 먹지 않았다. 두 노인은 자기네들이 산양을 키우는 외양간에다 짚을 깔고 잠자리를 만들었다. 바수데바는 곧 잠이 들었으나 싯달타는 밖으로 나가 오두막 앞에 앉아 밤을 지새며 물소리에 귀를 기울이고, 과거를 돌이켜보며, 지나온 생애의 모든 시절을 더듬었다. 그러면서도 이따금 일어나 오두막집 문 앞으로 다가가서 어린아이가 잘 자고 있나 귀를 기울였다.

아침 일찍 해가 뜨기도 전에 바수데바는 외양간에서 나와 그의 친구에게로 걸어왔다.

「잠을 자지 않았구려.」

그는 말하였다.

「그렇습니다, 바수데바. 여기 앉아서 강물 소리에 귀를 기울이고 있었지요. 강은 나에게 많은 말을 해주었습니다. 강은 위안이 되고 마음을 통일시키는 여러 가지 생각으로 나의 마음을 깊숙이 채워 주었습니다.」

「당신은 고통을 겪었으나 당신 마음속에는 아무런 슬픔도 자리잡지 않았음을 나는 보고 있습니다.」

「그렇습니다, 사랑하는 친구여. 어찌하여 내가 슬퍼하겠습니까? 풍부하고 행복했던 나는 지금에 와서 한층 더 풍부하고 행복해졌습니다. 내게 아들이 주어졌기 때문이오.」

「나 역시 당신의 아들을 환영합니다. 그렇지만 싯달타, 우리 이제 일을 하러 갑시다. 할 일이 많습니다. 일찍이 나의 아내가 죽은 바로 그 침대 위에서 카마라가 죽었지요. 내 아내를 화장했던 바로 그 언덕 위에다 카마라를 화장할 장작을 쌓도록 합시다.」

어린애가 잠자고 있는 동안에 그들은 화장할 장작거리를 쌓았다.

아들

　어린애는 불안한 마음으로 어머니의 장례에 참석하였고, 자기를 아들로 맞아 바수데바의 오두막 집에서 같이 살자고 한 싯달타에 대해서도 침울하고 겁먹은 태도로 대했다. 아이는 핼쑥한 얼굴로 하루 종일 무덤 곁에 앉아 먹으려 하지도 않고 눈과 마음을 굳게 닫은 채 운명에 완강히 저항하였다.
　싯달타는 그 아이를 아끼는 마음으로 그대로 내버려두었고, 그 아이의 슬픔을 존중하였다. 싯달타는 아들이 자기를 알지 못하며, 따라서 아버지를 사랑하듯이 아들이 자기를 사랑할 수 없다는 것을 알고 있었다. 차츰차츰 그는 이 열한 살바기 어린 것이 어머니 품에서 부유한 생활 습관에 묻혀 자라, 좋은 음식과 부드러운 잠자리에 길들어 있고 하인을 부리는 데 버릇된 응석받이 아이라는 것도 알 수 있었다. 싯달타는 이렇게 슬픔에 젖은 응석받이 아이가 갑자기 이 낯선 환경과 가난에 쉽사리 적응할 수 없으리라는 것도 이해하였다. 때문에 아들에게 억지로 무엇을 강요하지 않았다. 그는 아들을 위하여 많은 일을 하였고 항상 맛있는 음식을 마련하였다. 꾸준하게 참아가며 친절히 대해 줌으로써 아이의 마음을 얻을 수 있으리라고 믿고 있었다.

어린애가 처음 자기 앞에 나타났을 때 싯달타는 스스로를 부유하고 행복한 사람이라고 칭하였다. 하지만 세월이 흘러가도 어린애는 침울하고 서먹서먹해 하였다. 게다가 건방지고, 고집 센 성품을 드러내며, 아무 일도 하려 들지 않고, 노인을 존경할 줄도 모르고, 바수데바의 과일 나무를 꺾기까지 하였다. 비로소 싯달타는 아들로 인하여 행복과 평화를 얻은 것이 아니라 고통과 걱정을 얻었다는 것을 깨닫기 시작하였다. 그래도 그는 아들을 사랑하였다. 그리고 아들이 없는 행복과 평화의 나날보다는 사랑의 고통과 걱정이 있는 지금이 한결 좋게 느껴졌다.

어린 싯달타가 오두막의 식구가 된 후부터 노인들은 일을 분담하였다. 바수데바는 뱃사공의 직책을 옛날처럼 혼자 떠맡았고, 싯달타는 아들과 함께 집안일과 밭일을 맡았다.

오랜 시간, 여러 달을 싯달타는 기다렸다. 아들이 자기를 이해하며, 자기의 사랑을 받아들이고, 그 사랑에 보답할 날을 기다렸다. 여러 달 동안 바수데바도 방관하며 침묵으로 기다렸다. 그러던 어느 날, 어린 싯달타가 또 억지와 생떼로 아버지를 괴롭히며 밥그릇을 두 개나 깨뜨려 버리자, 그날 저녁 바수데바는 친구를 옆에 불러 말하였다.

「용서하십시오. 진심에서 우러나오는 우정으로 당신한테 하는 말입니다.」

그는 말을 이었다.

「당신이 괴로워하는 것을 잘 알고 있습니다. 당신이 조심하는 것도 알고 있지요. 친구여, 당신의 아들은 당신에게는 걱정거리요, 내게 역시 걱정거립니다. 그 어린 새는 다른 생활, 다른 둥지[巢]에 길이 들어 왔지요. 당신처럼 저 애는 속세에 대한 혐오감과 염증에 못 이겨 도시와 부귀를 버리고 도망쳐 나온 것이 아니라, 본의 아니게 그 모든 것을 떠나온 것입니다. 오오, 친구여, 나는 강에게 물어 보았습니다. 몇 차례나 물어 보았지요. 그러나 강은 웃을 뿐이었습니다. 나를 비웃었습니다. 당신과 나를 비웃으며 우리의 어리석음에 대해 절레절레 흔들었지요. 물은 물끼리, 젊음은 젊음끼리 어울리는 법입니다. 당신의 아들은 마음대로 뻗어 자랄 수 있는 장소에 있지 못한 것입니다. 당신도 강에게 물어보고 그 대답에 귀기울여 보십시오!」

슬픈 시선으로 싯달타는 그토록 많은 주름살 속에서도 항상 밝음을 잃지 않고 있는 친구의 다정한 얼굴을 바라보았다.

「대체 내가 그 아이와 떨어질 수 있을까요?」

그는 나직한 목소리로 겸연쩍어하며 물었다.

「내게 시간을 좀 주십시오. 사랑하는 친구여! 보십시오. 나는 그 애를 얻기 위해 싸움을 하고 있소. 나는 그 애의 마음을 사려 하고 있습니다. 사랑과 친절한 인내로 아들을 붙잡으려 하고 있지요. 언젠가는 그 애에게도 강의 소리가 들릴 때가 있을 겁니다. 그 아이도 구원을 받는 것이지요.」

바수데바의 미소는 점점 따스하게 피어올랐다.

「오, 그렇습니다. 그 아이도 구원을 받을 것이며 영생할 것입니다. 그렇지만 우리들이, 당신과 내가 그 아이가 어떠한 길로, 어떠한 행위로, 어떠한 번뇌를 통하여 구원을 받을지 대체 알기나 할까요? 그 애의 번뇌는 적지 않을 것입니다. 실로 그 애의 마음은 오만하고 강퍅합니다. 그런 아이는 많은 번뇌를 겪고, 많은 오류를 범하고, 많은 그릇됨을 행하고, 많은 죄를 짓게 마련이지요. 말해 보십시오, 사랑하는 친구여. 당신은 아들을 제대로 가르치려는 거요? 아들에게 강요하는 건 아니오? 아들을 벌 주는 건 아니오?」

「아니오, 바수데바. 나는 그런 모든 일을 하지 않습니다.」

「나도 그럴 것임을 알고 있었소. 당신은 그 애에게 강요하지 않고, 채찍질도 하지 않고, 명령도 하지 않을 것입니다. 당신은 부드러움이 견고함보다 강하고 물이 바위보다, 사랑이 폭력보다 강하다는 것을 알고 있기 때문이지요. 잘하셨습니다. 그렇지만 당신의 아들을 강요하지 않고 벌하지 않는다고 생각하는 것이 혹 당신의 오류가 아닐까요? 당신은 사랑의 끈으로 그 애를 속박하고 있는 것이 아닐까요? 당신은 관대함과 참을성을 가지고 그 애를 날마다 부끄럽게 만들고, 점점 더 견디기 힘들게 하는 것이 아닐까요? 당신은 오만하고 사치에 젖은 그 애를, 밥을 진미(珍味)로 알고 바나나만 먹고 사는 두 늙은이 곁에 억지로 살도록 강요하는 것은 아닐까요? 우리는 이미 그 애의 사상과는 같을 수 없는 사상을 가지고 있고, 우리의 감정은 낡고 가라앉아 그 애의 감정과는 다른 길을 걷고 있는 것이 아닐까요? 이 모든 것으로 미루어 보아 그 애가 강요당하며 벌을 받고 있는 것이 아니라고 단언할 수 있을까요?」

싯달타는 놀라서 멍하니 땅을 바라보고 있다가 나직한 목소리로 이렇게 물었다.

「내가 어떻게 하면 좋겠습니까?」

바수데바는 말하였다.

「그 애를 도시로 데려가 그 애 어머니의 집으로 보내십시오. 그곳에는 하인들이 있을 것이니 하인들에게 아이를 맡기십시오. 그리고 만약에 하인들이 다 흩어지고 없으면 그 애를 어느 스승에게 데려가십시오. 가르침을 받기 위해서가 아니라 다른 아이들, 다른 소년들을 알게 하여 그 아이의 세계로 들어가게 하기 위해서 말이지요. 당신은 그런 생각을 해본 적이 없으십니까?」

「당신은 내 마음을 꿰뚫어보고 계시구려.」

싯달타는 슬픈 어조로 말하였다.

「나도 여러 번 그런 생각을 해보았지요. 그렇지만 좀 생각해 보십시오. 그렇지 않아도 부드러운 마음을 갖지 못한 그 애를 어찌 인간 세계에 내보낼 수 있단 말입니까? 그 애가 타락하지 않을까요? 쾌락과 권력에 눈이 멀어 스스로를 잃지 않을까요? 아버지가 걸어온 온갖 오류와 잘못된 길을 반복하는 것이 아닐까요? 혹시 그 애가 어리석은 윤회 속에 빠져 파멸하는 것은 아닐까요?」

뱃사공의 얼굴은 환한 미소로 빛났다. 그는 싯달타의 어깨를 다정하게 건드리며 말하였다.

「친구여, 그런 것이라면 강에게 물어 보십시오! 강의 웃는 소리를 들으십시오! 당신은 당신 아들이 당신과 같은 어리석음을 저지르지 않도록 하기 위하여, 스스로가 지금껏 그 모든 어리석음을 저질러 왔다고 생각하십니까? 당신은 아들을 윤회의 수레바퀴로부터 보호할 수 있을까요? 대체 어떻게 보호하겠습니까? 가르침을 통하여, 기도를 통하여, 훈계를 통하여?

사랑하는 친구여, 대체 당신은 당신 자신이 언젠가 바로 여기 이 장소에서 나에게 들려준 브라만의 아들, 싯달타에 대한 그 교훈에 가득 찬 이야기를 완전히 잊어버렸단 말인가요? 누가 사문 싯달타를 윤회로부터 구해 주었던가요? 죄악으로부터, 탐욕으로부터, 어리석음으로부터 지켜 주었단 말인가요? 부친의 깊은 신앙심이, 스승의 훈계가, 자신의 지식이, 자신의 탐구심이 과연 그를 구할 수 있었던 것일까요? 스스로 삶을 살고, 스스로 죄악을 짊어지고, 스스로 쓰디쓴 잔을 마시고, 스스로 자기의 길을 찾는데 어떤 아버지, 어떤 스승이 그를 감싸 줄 수 있단 말이오? 당신은 그 누군들 이 길을 걷지 않고 살아갈 자가 있을 것이라고 생각하십니까? 친구여, 혹시나 당신의 어린 아들만은 당신이 그를 사랑하고 당신이 그 애의 번민과 아픔과 실망을 덜어 주고 싶다고 해서 그런 도정에서 면제될 수 있다고 믿으십니까? 비록 당신이 그 애를 위해 열 번씩 죽는다 한들, 그것으로 당신이 그 애의 운명을 손톱만치라도 덜어 줄 수는 없는 것입니다.」

지금껏 바수데바가 그렇게 많은 말을 한 것은 처음이었다. 싯달타는 다정한 얼굴로 그에게 감사의 말을 하고 우울한 심정으로 집으로 돌아왔으나 오랫동안 잠을 이루지 못하였다. 바수데바가 말한 것들은 싯달타 자신도 이미 생각하고 깨달았던 것들이었다. 그런데도 그것은 그가 실천할 수 없는 단순한 지식에 불과하였다. 아들에 대한 그의 사랑은 그 지식보다 강하였고, 자식을 잃는다는 데 대한 그의 애착과 불안은 그 지식보다 강한 것이었다. 도대체 일찍이 그토록 그의 마음을 빼앗긴 적이 있었던가? 일찍이 그가 그토록 맹목적으로, 그토록 고통스럽게, 그토록 보람 없이, 그러면서도 그토록 행복한 마음으로 그 누구를 사랑한 적이 또 있었던가?

싯달타는 친구의 충고를 따를 수 없었다. 그는 아들을 떠나보낼 수가 없었다. 그는 기꺼이 어린애의 명령에 자신을 맡겼고, 아들에게 멸시를 당했다. 그는 묵묵히 기다리며 매일같이 말없는 친절의 투쟁을, 소리 없는 인내의 전쟁을 치러냈다. 바수데바 역시 묵묵히 기다렸다. 호의를 가지고 참을성 있게 그는 기다렸다. 참는 데 있어서는 이 두 노인이야말로 대가(大家)였던 것이다.

언젠가 싯달타는 아들의 얼굴에서 너무나 절실히 카마라를 상기하다가, 문득 젊은 시절 언젠가 카마라가 그에게 했던 말을 떠올리게 되었다.

「당신은 사랑을 할 수 없는 분이세요.」

카마라는 이렇게 말했었다. 그때 그는 카마라의 말을 시인하였으며 스스로를 하나의 별에 비유하고 소인배들을 떨어지는 가랑잎에 비유했었다. 그렇게 말하면서도 그는 그녀의 말에서 무언가 비난 같은 것을 느꼈다. 사실상 그는 어느 다른 사람을 위하여 자기를 완전히 잃어버리든가, 희생하든가, 자기를 망각하고 타인에게 사랑을 바치는 어리석음을 범할 수는 도저히 없었다. 그럴 수 있었던 적이 한 번도 없었다. 그리고 그런 점이야말로 자기를 다른 소인배들과 구분짓는 커다란 차이라고 여겼다. 하지만 이제 아들이 나타난 다음부터는 싯달타까지도 완전히 한낱 소인이 되어 한 인간 때문에 괴로워하고, 한 인간을 사랑하며, 한 인간으로 인해 절망하고, 하나의 사랑 때문에 바보가 되어 버린 것이다.

강렬하고 야릇한 열정을 느꼈고, 그 열정으로 인하여 괴로움을 겪었다. 처참하도록 괴로움을 겪은 것이다. 그런데도 그는 행복하였다. 이전과는 다른 새로운 인간, 보다 풍요로운 인간이 된 것 같았다. 이 자식에 대한 맹목적인 사랑은 번뇌요, 너무나도 인간적인 것이라는 걸, 이것이야말로 윤회요, 슬픔의 근원이요, 어두운 물이라는 것을 그는 충분히 느끼고 있었다. 그러면서도 동시에 그는 그것이 무가치한 것이 아니며 필연적인 것이고, 자신의 본질에서 우러나는 것임을 느꼈다. 그래서 자기도 이런 욕망을 채우고, 이런 고통도 맛보며, 이런 어리석음 또한 저지르고 싶었다.

그러는 사이에 아들은 아버지로 하여금 숱한 어리석은 일을 저지르게 하였고, 자기의 사랑을 얻기 위해 애쓰게 하였고, 날마다 자기의 기분에 따라 아버지를 비참하게 만들었다. 그런데도 이 아버지는 아들을 매혹시킬 아무것도 가지고 있지 못하였다. 아버지는 훌륭한 남자였다. 선량하고 자비롭고 온화한 사람이었다.

아마도 신심이 두터운 경건한 인간이거나 성자였을지도 모른다. 그렇지만 이 모든 것이 아이의 마음을 사로잡을 만한 특성은 못 되었다. 초라한 오두막 안에서 자신을 붙들어 두는 이 아버지는 아들에게는 지루하기만 한 존재였다. 자식의 어떠한 버릇없는 행동에 대해서도 미소를 보이고 어떠한 모욕이라도 친절로, 어떠한 악의라도 호의로 응수하는 것이 아들에게는 늙은 위선자의 추악하기 이를 데 없는 간계로 보였던 것이다. 아들은 차라리 아버지한테 위협을 받고 학대받는 편이 나았을 것이다.

마침내 어린 싯달타의 본심이 폭발하여 아버지한테 노골적으로 맞서는 날이 왔다. 그날 아버지는 아들에게 땔감을 모아 오라고 명했다. 그러나 아들은 오두막을 나서지 않고 완강하게 버티고 서서 마루를 쾅쾅 구르며 주먹을 불끈 쥐고는 아버지의 얼굴을 향해 증오와 경멸의 말을 퍼부었다.

「아버지가 해오란 말이야!」

어린애는 거품을 뿜으며 소리 쳤다.

「나는 아버지의 노예가 아니야. 아버지가 나를 매질하지 않는다는 것을 나는 알고 있어. 감히 그러지 못하는 거야. 아버지는 경건함과 관용으로 끊임없이 나를 벌하여 굴종하게 하려 한다는 것을 알고 있어. 내가 아버지와 같이 되기를 바라는 것이지. 아버지처럼 경건하고 온화하고 또 지혜롭게 되기를! 그렇지만 들어둬! 아버지한테는 안되었지만 나는 그렇게 되느니 차라리 산적이나 살인자가 되어 지옥으로 행차하겠어! 나는 아버지를 증오해. 당신은 내 아버지가 아니야. 설사 열 번 내 어머니의 정부(情夫)였었다 해도.」

분노와 원한이 그를 사로잡아 말할 수 없는 악담이 되어 아버지를 향해 퍼부어졌다. 그리고 나서 아이는 밖으로 뛰쳐나갔다가 저녁 늦게서야 되돌아왔다.

다음날 아침 아이는 사라지고 말았다. 아이와 함께 뱃사공들이 뱃삯으로 받은 은전과 동전을 간직해 두는, 두 가지 빛깔의 나무껍질로 엮은 작은 바구니도 사라졌다. 그뿐만이 아니었다. 배도 사라졌다. 그러나 싯달타는 그 배가 건너편 강언덕에 놓여 있는 것을 찾아냈다. 아이는 도망친 것이었다.

「아이를 쫓아가야겠군요.」

어제 아들에게 악담을 들은 후 고통으로 떨고 있던 싯달타가 말하였다.

「어린애 혼자서는 저 숲을 뚫고 나갈 수 없을 거요. 아이는 되돌아올 것입니다. 바수데바, 우리가 강을 건널 수 있도록 뗏목을 만들어야겠습니다.」

「우리 뗏목을 만듭시다.」

바수데바는 말하였다.

「어린것이 도망친 배를 다시 찾아오게 하기 위해서 말이지요. 그렇지만 아이만은 도망치도록 내버려두는 게 좋겠소. 친구여, 그 애는 이미 어린애가 아니니 스스로 살아갈 길을 찾을 것입니다. 그 애는 도시로 나가는 길을 찾아간 것입니다. 그 애의 생각이 옳아요. 이 점을 잊지 마십시오. 그 애는 당신 자신이 게을리한 일을 스스로 한 것입니다. 그 애는 스스로를 걱정하며 자기의 길을 간 것이지요. 아아, 싯달타, 당신은 괴로워하고 있구려. 그렇지만 당신은 남이 웃을 일을 가지고, 당신 자신도 곧 웃게 될 일을 가지고 괴로워하고 있는 것입니다.」

싯달타는 대답하지 않았다. 그는 어느덧 도끼를 두 손에 쥐고 대나무로 뗏목을 만들기 시작하였다. 바수데바도 그를 도와 새끼로 나무 둥치를 동여매었다. 그리고 그들은 뗏목을 타고 멀리까지 내려가 건너편 강언덕에 도착하여 뗏목을 끌어올렸다.

「왜 당신은 도끼를 가지고 왔지요?」

싯달타는 물었다.

바수데바가 대답하였다.

「배의 노가 없어졌을지도 모르기 때문이오.」

싯달타는 친구가 무슨 생각으로 그런 말을 하는지 알았다. 그는 어린애가 앙갚음을 하기 위해, 또한 뒤따라오는 것을 방해하기 위해 노를 던져 버렸거나 부러뜨렸을 거라고 생각하는 것이었다. 과연 배 안에는 노가 없었다. 바수데바는 배의 바닥을 가리키며 미소 띤 얼굴로 친구를 바라보았다. 그는 마치「당신 아들이 당신한테 무엇을 말하고 싶어하는지 그것을 모르시오? 당신이 따라오는 것을 원하지 않는다는 것을 지금 눈으로 보고 있지 않소?」라고 말하려는 듯하였다. 그렇지만 그는 그것을 입 밖에 내어 말하지는 않았다. 그는 곧 새로 노를 만들기 시작하였다. 싯달타는 도망친 아이를 찾기 위해 떠나겠다고 하였으며 바수데바는 그를 붙들지 않았다.

싯달타는 숲 속을 한참 헤매고 나서야 자기가 찾는 일이 소용없는 일이라는 생각이 떠올랐다. 도망친 아이는 벌써 일찌감치 시내에 당도했거나, 설사 아직 가고 있는 중이라면 쫓아가고 있는 자기 앞에서 몸을 숨겼거나, 두 가지 중의 하나일 거라는 생각이 들었다. 생각을 되씹는 사이에 그는 자기 자신이 아들을 염려하는 것이 아님을 알고 있었다. 마음속으로 아들이 돌아오지도, 숲 속에서 위험한 일을 당하지도 않을 것임을 잘 알고 있었다. 그렇게 깨달았으면서도 그는 쉬지 않고 달렸다. 이미 아들을 구하려는 의도에서가 아니라 단지 아들을 한 번이라도 더 보고 싶은 욕망에서였다. 그리하여 그는 도시 근처까지 달려갔다.

도시 근처의 넓은 거리에 당도하자 그는 걸음을 멈추었다. 일찍이 카마라의 소유였고, 가마를 타고 가던 카마라를 최초로 만났던 그 아름다운 별장 입구가 나타난 것이다. 그 당시의 광경이 그의 머리 속에 떠올랐다. 수염투성이 맨발의 젊은 사문, 먼지로 뒤덮인 머리털을 한 자신이 거기 서 있는 모습이 눈앞에 보이는 듯하였다. 한참 동안 싯달타는 거기에 서서 열린 문을 통해 정원 안을 들여다보았다. 황색의 법복을 걸친 승려들이 아름다운 나무숲 밑으로 거니는 모습이 보였다.

골똘히 생각에 잠겨, 눈앞에 펼쳐진 광경을 바라보면서 자신의 지나간 생애에 귀기울이며 그는 오랫동안 서 있었다. 그렇게 서서 승려들을 바라보았다. 그러나 그가 본 것은 싯달타와 젊은 카마라가 무성한 나무 밑을 거니는 모습이었다. 카마라에게 환대를 받던 자기의 모습을, 카마라에게 최초의 키스를 받던 자기의 모습을, 오만과 경멸의 마음으로 브라만 시절을 되돌아보면서 긍지와 희망에 싸여 세속 생활을 시작하던 자기의 모습을 그는 분명하게 보았다. 그는 카마스바미를 보았으며, 하인들과 떠들썩한 연회와 도박꾼들과 악사(樂士)들을 보았고, 새장 안에서 울고 있던 카마라의 새를 보았다. 모든 것을 다시 한 번 체험하며 윤회를 호흡하였고, 다시 한 번 늙고 피로해졌으며, 또다시 혐오감을 느꼈고, 다시 한 번 자신을 소멸시켜 버리고 싶은 욕망을 느꼈고, 마침내 신성한 '옴'에 의해 생기를 되찾았다.

이렇게 오랫동안 정원 입구에 서 있던 싯달타는 비로소 깨달았다. 자신을 이 장소에까지 몰고 온 그 갈망은 어리석은 것이었다는 사실을. 자기로서는 아들을 도와줄 수 없으며 아들에게 집착해서도 안 된다는 사실을 깨달은 것이다. 그는 도망친 아들에 대한 사랑을 마치 하나의 상처처럼 가슴 깊이 느꼈다. 그리고 그와 동시에 그 상처는 자신을 아프게 하기 위해 자신에게 주어진 것이 아니며, 그 상처가 아름답게 꽃을 피우고 광채를 발해야 된다는 사실도 깨달았다.

이 상처가 지금 이 시간까지 꽃피지 못하고 찬연하게 빛나지 못한다는 사실이 그를 슬프게 하였다. 도망친 아들을 쫓아 멀리 이곳까지 오게 한 소망의 자리에 이제는 공허가 가득 찼다. 그는 서글픈 마음으로 주저앉아 버렸다. 그리고 자신의 가슴 안에서 무엇인가 죽어가는 것을 느꼈으며 공허를 느꼈다. 그에게는 아무런 기쁨도 아무런 목표도 보이지 않았다.

그는 깊은 생각에 빠진 채 그렇게 앉아 기다렸다. 그가 강에서 배운 것은 기다리는 것, 인내심을 갖는 것, 귀기울여 듣는 것이었다. 그렇게 그는 길가 먼지 속에 앉아 자신의 심장을 향하여 귀를 기울였다. 심장이 어떻게 지쳐 슬프게 돌아가고 있는가를. 그리고 하나의 소리를 기다렸다. 그는 몇 시간이고 웅크리고 앉아 귀를 기울이고 있었다. 이제는 환상도 보이지 않고 공허 속에 잠겨 아무런 방향도 없이 가라앉았다. 그리고 상처가 타는 듯이 아프게 느껴져 올 때에는 소리없이 '옴'을 외웠으며 '옴'을 온몸으로 느꼈다. 정원에 있는 승려들이 그를 보았다. 잿빛 머리털 위로 먼지가 쌓이도록 몇 시간을 웅크리고 앉아 있는 그를 보자, 어떤 승려가 나와 그의 앞에다 바나나 열매 두 개를 놓아 주었다. 그러나 싯달타는 거들떠보지도 않았다.

어깨를 건드리는 어떤 손에 의하여 그는 이 마비 상태에서 깨어났다. 부드럽고 조심스러운 이 건드림이 누구의 것인지 그는 당장에 알아차렸고, 곧 제정신으로 돌아왔다. 그는 거기까지 자기를 뒤쫓아온 바수데바에게 인사를 하였다. 바수데바의 다정한 얼굴을 바라보자, 온통 웃음으로 채워진 잔주름과 맑은 눈을 들여다보자, 싯달타의 얼굴에도 미소가 떠올랐다. 그는 그제서야 비로소 자기 앞에 놓여 있는 바나나를 보고 그것을 집어 한 개는 바수데바에게 주고 나머지 한 개는 자기가 먹었다. 그리고 나서 그는 말없이 바수데바와 함께 숲을 지나 나루터에 이르렀다. 아무도 그날 있었던 일에 대하여 입을 열지 않았고 아무도 아이의 이름을 입에 올리지 않았으며, 아무도 아이의 도망에 대하여, 상처에 대하여 말하지 않았다. 집 안에 들어서자 싯달타는 잠자리에 누웠다. 잠시 후 바수데바가 한 잔의 야자유를 들고 다가갔을 때, 싯달타는 이미 잠들어 있었다.

옴(唵)

상처는 여전히 에는 듯 아팠다. 싯달타는 아들이나 딸을 데리고 다니는 숱한 여행자들을 건네 주게 되었다. 그리고 그들을 볼 때마다 부러워하며 이렇게 생각하였다.

'저토록 수많은 사람들이 커다란 행복을 누리고 있는데 왜 나는 그러지 못할까? 악인(惡人)들도, 심지어 도적이나 강도 역시 자식을 두고 있으며 자식을 사랑하고, 자식에게서 사랑을 받는다. 그런데 유독 나만은 그렇지 못하구나.'

이렇게도 그는 단순하고 어리석은 생각을 하였다. 이토록 그는 소인배들과 닮아 있었던 것이다. 이제 그는 전과는 다른 시선으로 인간들을 바라보았다. 현명하고 긍지에 차 있던 시선이 아니었다. 그 대신 한결 온화하고, 호기심과 관심을 가진 채 바라보았다. 평범한 부류의 여행자들, 즉 소인들, 상인들, 무사(武士)들, 여자들을 건네 줄 때마다, 이런 사람들이 그다지 생소하게 보이지 않았다. 그는 그들을 이해하게 되었다.

사고와 분별에 의해서가 아니라 오로지 충동과 욕망에 따라 살아가는 그들과 견해를 같이하였으며 그들과 같은 느낌을 가졌다. 비록 그가 완성의 경지에 가까이 와 있고 최후의 상처를 앓고 있는 몸이라 할지라도, 그에게는 이들 소인들이 형제처럼 여겨졌고, 그들의 허영심, 탐욕, 유치함이 그렇게 우스꽝스럽지 않았다. 아니, 오히려 이해할 수 있었고, 사랑하게 되었고, 심지어 존경하기에 이르렀다. 아들에 대한 어머니의 맹목적인 사랑, 외아들에 대해 우쭐대는 아버지의 어리석고 맹목적인 자만, 젊고 허영심에 가득 찬 여인이 치장을 하고 남자의 눈길을 끌려는 분수 없는 맹목적인 노력, 이 같은 모든 충동, 이 같은 모든 유치함, 이 같은 모든 단순하고 어리석은, 그러면서도 무섭게 강렬하며 힘차게 살아 나가려는 충동과 탐욕도 지금의 싯달타에게는 이미 어린애 장난이 아니었다.

그는 인간들이 그것들로 인하여 살아간다는 것을, 그것들로 인하여 무한한 것을 이룩해 낸다는 것을 깨달았다. 여행도 하고 전쟁도 하고 무한히 괴로워하고 무한히 참아 나간다는 것을, 그리고 그는 그 때문에 그들을 사랑할 수 있었고 그들 각자의 온갖 번뇌와 행위 속에서, 삶을, 생명이 불멸하는 것을, 범(梵)을 보았다. 이 인간들의 맹목적인 충실 속에는, 그들의 맹목적인 강인함과 집요함 속에는 사랑스럽고 감탄할 만한 요소가 있었다.

그들에게는 아무것도 결여된 것이 없었다. 사고하는 지자(智者)가 그들보다 나은 점이란 단 한 가지, 의식하고 있다는 것, 모든 생의 단일성을 의식하여 사유한다는 것뿐, 그 밖의 다른 것은 없었다. 심지어 싯달타는 가끔 이러한 의심까지 품었다. 대체 이 지식, 이 사상이라는 것이 그토록 높이 평가되어도 좋은 것인가? 이 또한 사색하는 인간들의 어린애 장난이 아닐까? 이 한 가지 외에는 모든 면에서 세상 사람들도 현자 못지않았고, 때로는 현자를 능가하기도 하였다. 마치 끈덕지고 기탄 없는 필연적인 행동 면에서는 동물들도 여러 순간 인간을 능가하는 것처럼 보일 수 있듯이.

본질적으로 지혜란 무엇이며 자신의 오랜 탐구 목표는 무엇인가 하는 데 대한 깨달음, 즉 인식이 싯달타의 마음속에서 서서히 꽃피고 성숙해 갔다. 그것은 삶의 한가운데서 순간순간 단일(單一)의 개념을 생각하며, 느끼고, 들이마실 수 있는 마음의 준비이며 능력, 영혼의 태세 이외엔 아무것도 아니었다. 이러한 인식이 점점 그의 마음속에서 꽃피어 갔고 바수데바의 동안(童顔)에서 그에게로 반사되어 왔다. 조화가, 세계의 영원한 완전성에 대한 깨달음이, 미소가, 단일성이.

하지만 상처는 여전히 에는 듯 아팠다. 애타고 간절하게 싯달타는 아들을 생각하며 가슴속에 사랑과 애정을 간직하고 고통에 시달리며 온갖 사랑의 어리석음을 저질렀다. 이 불꽃은 저절로 사라지지 않았다.

그러던 어느 날, 상처가 견딜 수 없이 쑤셔 올 때 싯달타는 그리운 정에 이끌려 강을 건넜다. 그리고는 시내로 아들을 찾아가려고 하였다. 강은 조용하고 부드럽게 흐르고 있었다. 때는 마침 가뭄철이었으나 강의 소리는 기묘하게 울려왔다. 강은 웃고 있었다. 분명히 웃고 있었다. 강은 분명히 늙은 뱃사공을 향해 웃고 있는 것이었다. 우뚝 서 있던 싯달타는 강의 소리를 더 잘 듣기 위해 물 위로 몸을 굽혔다. 그리고 조용히 흐르는 강물 속에 자신의 얼굴이 비치고 있는 것을 보았다. 이렇게 물에 비친 얼굴 속에는 무언가 잊혀진 것, 무언가 기억을 되새겨 주는 것이 있었다. 그리고 그는 곰곰이 생각하여 그것을 알아냈다. 그 얼굴은 일찍이 그가 익숙히 알고 사랑하며 아울러 두려워했던 어느 얼굴과 닮아 있었다. 그 얼굴은 바로 브라만인 그의 부친 얼굴과 흡사했던 것이다. 그는 일찍이 자기가 젊은 나이로 고행자에게 가려고 허락받기 위하여 아버지를 억지로 졸랐던 일을 회상하였다. 그리고 아버지와 이별하였던 일, 그렇게 헤어진 이후 한 번도 자기 집에 되돌아가지 않았던 일들이 생각났다. 자신이 지금 아들로 인하여 고통을 겪듯이 그의 아버지 역시 자기로 인하여 똑같은 고통을 당한 게 아니었을까? 아버지께서는 벌써 오래 전에 아들을 다시 한 번 못 본 채 외롭게 돌아가신 것이 아닐까? 이 기이하고 어리석은 사건, 이 반복, 이 숙명적인 윤회 속의 순환은 토막 희극이 아니고 무엇이랴?

강은 웃었다. 그렇다. 궁극에까지 괴로움을 겪어 해결되지 못한 모든 것은 다시금 되돌아오기 마련이었다. 같은 고통이 거듭 되풀이 될 뿐이다. 싯달타는 다시 배에 올랐다. 아버지를 생각하면서, 아들을 생각하면서, 강의 비웃음을 받으면서 자신과 싸우고 절망하고, 자신과 온 세상을 향해 크게 웃으며 오두막으로 되돌아왔다. 아아! 그러나 여전히 그의 상처는 아물지 않았고, 그의 마음은 여전히 운명에 대하여 반항하고 있었으며, 그의 고뇌에서는 여전히 즐거움과 승리의 빛이 비치지 않았다. 그런데도 그는 희망을 느꼈다. 그래서 오두막에 이르렀을 때에는 바수데바 앞에 자신을 고백하고, 모든 것을 보여주고, 들을 줄 아는 달인에게 모든 것을 말하고 싶은 누를 수 없는 욕구를 느꼈다.

바수데바는 집안에 앉아 바구니를 엮고 있었다. 그는 이제 나룻배를 부리지 않았다. 시력이 약해졌기 때문이다. 시력뿐만 아니라 팔과 손도 약해졌다. 다만 그의 얼굴에서 떠나지 않는 기쁜 빛과 밝은 자비로움만은 변함없이 꽃피어 있었다.

싯달타는 노인 곁에 앉아 천천히 말하기 시작하였다. 지금껏 한 번도 이야기하지 않았던 것에 대하여, 찢어지는 듯한 아픈 상처에 대하여, 행복한 아버지를 볼 때마다 느꼈던 부러움에 대하여, 그런 욕망의 어리석음을 깨달았던 것에 대하여, 그리고 자신이 그 욕망에 맞서 헛되이 싸워 온 것에 대하여 이야기하였다. 그는 모든 것을 이야기하였다. 모든 것을, 가장 곤혹스러웠던 것까지도 말할 수 있었다. 그는 모든 것을 말하고 보여주고 이야기할 수가 있었다. 그는 자신의 상처를 적나라하게 드러냈다. 오늘 자신이 도망쳤던 일도 말하였다. 시내에 들어가려는 생각으로 강을 건넜던 이야기, 유치한 도망 이야기, 강이 웃었다는 이야기를 하였다.

그가 이렇게 오랜 시간 말하고 바수데바가 침착한 얼굴로 귀를 기울이는 동안 싯달타는 바수데바의 듣는 태도가 전에 없이 집중되어 있음을 느꼈다. 싯달타는 자신의 고통과 자신의 불안이 바수데바에게 흘러들어가고 자신의 은밀한 희망이 그에게 흘러들어가 다시금 자기에게로 되돌아옴을 느꼈다. 바수데바와 같은 청자(聽者)에게 자기의 상처를 드러내 보이는 것은 마치 강물에 그 상처를 씻고 그 상처를 식혀서 강과 하나가 되게 하는 것과 같았다. 이렇게 끊임없이 말하고 끊임없이 고백하며 참회하는 동안에, 싯달타는 자기의 이야기를 들어주는 사람이 이미 바수데바가 아니고, 인간이 아니라는 느낌이 점점 짙어졌다. 그리고 이렇게 꼼짝 않고 귀기울이는 이 사람이, 마치 나무가 빗물을 빨아들이듯 자기의 참회를 빨아들이고 있다는 느낌이, 또한 그는 바로 신 자체이며 영원 자체라는 느낌이 점점 더해 갔다.

이렇듯 싯달타가 자기 자신과 자기의 상처에 대해 생각하는 일이 적어지면서 바수데바의 본질이 달라졌다는 인식이 그에게 확실해졌다. 그리고 그것을 느끼면 느낄수록 그것에 몰입하면 할수록, 모든 것은 자연스럽게 제대로 되어 있으며 바수데바는 이미 오래 전부터 아니, 어쩌면 애초부터 그러했다는 것, 다만 싯달타 자신이 그것을 전혀 인식하지 못하였다는 것, 뿐만 아니라 자기 자신도 바수데바와 거의 다를 바 없다는 것을 더욱 명백하게 통찰하기에 이른 것이다. 그는 자기가 지금 늙은 바수데바를 보는 시선이 인간들이 신을 보는 시선과 같다는 것을 느꼈다. 그리고 이런 느낌은 오래 갈 수 없으리라는 것도 느꼈다. 그는 마음속으로 바수데바와 작별을 고했다. 그러면서도 그는 여전히 말을 계속하였다.

싯달타가 말을 마쳤을 때, 바수데바는 다정하면서도 어느 정도 쇠약해진 시선을 친구에게 던졌다. 말은 없었지만 사랑과 즐거움, 이해와 인식이 소리 없이 싯달타에게 전해져 왔다. 그는 싯달타의 손을 잡고 강변으로 끌고 가 같이 앉아 강을 향하여 미소를 보냈다.

「당신은 강의 웃음을 들었습니다.」

그는 말하였다.

「그러나 모든 것을 다 들은 것은 아니지요. 우리 귀를 기울여 봅시다. 더 많은 것이 들릴 것입니다.」

그들은 귀를 기울였다. 강의 다양한 소리가 고요하게 울려왔다. 싯달타는 강물 속을 들여다보았다. 흐르는 물 속에서 많은 영상들이 떠올랐다. 아들 때문에 슬퍼하는 그의 아버지 모습이 외로이 비쳤다. 역시 멀리 떠난 아들에 대한 애착의 굴레에 묶여 있는 자기 자신의 모습이 외로이 비쳤다. 그리고 젊은이로서 소망하는 격렬한 길에 탐욕적으로 돌진하는 아들의 모습이 외로이 비쳤다. 그 모습들은 제각기 자기의 목적에 사로잡히고 누구나 고통을 당하였다. 강은 괴로움의 노래를 부르고 있었다. 애타게 목적을 향해 흘러가고 있었으며 그 소리는 호소하듯이 울려왔다.

「듣고 계십니까?」

바수데바는 침묵의 시선으로 물었다. 싯달타는 고개를 끄덕였다.

「더 잘 들어 보십시오.」

바수데바는 속삭였다.

싯달타는 더 잘 듣기 위해 애를 썼다. 그의 아버지의 모습, 자기 자신의 모습, 아들의 모습이 함께 어울려 흘러갔으며 카마라의 모습도 나타났다가 녹아 들었다. 그리고 고오빈다의 모습도, 그 밖의 여러 모습들도 서로 뒤섞여 흐르며 모두가 강물이 되었다. 모두가 강이 되어 강의 목적을 겨누며 흘러가고 있었다. 애타게 갈망하며 괴로워하면서, 강물은 그리움에 가득 차고, 애타는 아픔에 가득 차고, 누를 수 없는 욕망에 가득 찬 소리를 내며 흐르고 있었다. 강은 목적을 향해 애쓰며 나아가고 있었다.

싯달타는 자기와 자기의 친지, 그리고 일찍이 그와 만났던 모든 사람으로 이루어진 강물이 줄달음질 치며 흐르는 것을 보았다. 모든 물결은 괴로워하며 목적을 향하여 빠르게 흘러갔다. 수많은 목적을 향하여, 폭포수를 향하여, 호수를 향하여, 격류를 향하여, 바다를 향하여 흘러갔다. 그리고는 이 모든 목적이 달성되었고 그리고 나면 새로운 목적이 그 뒤를 따랐다. 물은 수증기가 되어 하늘로 올라가 비가 되고, 그것이 하늘에서 떨어져 샘이 되고, 시냇물이 되고, 강이 되어 새로운 목표에 이르려고 애쓰며 새로운 목표를 향하여 흐르는 것이었다. 하지만 그리움에 찬 그 소리는 변하였다. 여전히 그 소리는 괴로움에 가득 차 있고 추구하는 듯이 울렸지만 다른 소리들이 섞여 있었다. 기쁨과 슬픔의 소리, 선과 악의 소리, 웃음과 탄식의 소리, 수백의 소리, 수천의 소리가 합류되어 있었다.

싯달타는 귀를 기울였다. 이제 그는 완전히 듣는 사람이 되었으며 완전히 듣는 일에 심취하였다. 그 무엇인가를 완전히 비우고, 완전히 빨아들였다. 그는 이제 듣는 일을 체득하였다고 느꼈다. 이미 그는 수도 없이 이 모든 소리를, 이 숱한 강 속의 음성을 들어 왔으나 그 울림은 지금까지와는 전혀 달랐다. 어느덧 그는 이 숱한 음성들을 구별하여 들을 수가 없게 되었다. 우는 소리에서 기쁜 소리를, 어른의 소리에서 아이의 소리를 구별하여 들을 수가 없었다. 그 모든 소리는 한데 섞여 있었다. 동경(憧憬)의 탄식과 지자(智者)의 웃음소리, 분노의 외침과 죽어가는 자의 신음 소리, 이 모든 것이 하나가 되어 있었고, 모든 것이 뒤섞여 짜여지고 맺혀져 천번 만번 뒤얽혀 있었다. 그리고 이 모든 것이 묶여져서 모든 소리, 목표, 갈망, 번뇌, 쾌락, 선과 악 이 모든 것이 합쳐져 세상이 되는 것이다. 이 모든 것이 합쳐진 것이 생성의 강이요, 삶의 음악이었다. 그리고 싯달타가 이 강의 수천 가지 노래를 주의깊게 들을 때, 그에게 번뇌도 웃음도 이미 구별되어 들리지 않았을 때, 그가 자신의 영혼을 어느 한 소리에 묶어 자아를 그 음성 속에 몰입시키지 않고 모든 소리를, 전체를, 단일의 것을 들었을 때, 비로소 수천 소리의 위대한 노래가 단 한마디의 말로 이루어졌던 것이다. 그 말은 완성의 뜻 '옴' 이었다.

「듣고 계십니까?」

바수데바의 시선이 다시 이렇게 물었다.

바수데바의 미소가 밝게 빛났다. 그의 노안(老顔)을 뒤덮은 수많은 주름살 위에는 온통 미소가 찬란히 떠올라 있었다. 마치 강물의 소리마다에 '옴' 이 떠 있듯이, 친구를 바라볼 때 그의 얼굴은 미소로 밝게 빛났다. 싯달타의 얼굴에도 똑같은 미소가 가득 빛나고 있었다. 싯달타의 상처가 꽃을 피운 것이며, 그의 번민이 빛을 발하였고 그의 자아가 단일 속으로 흘러들었다.

이 순간 비로소 싯달타는 운명과의 투쟁을 그쳤으며 번민을 그쳤다. 그의 얼굴에는 어떠한 의지도 그것에 맞설 수 없는 지혜의 밝음이 꽃피어 있었다. 완성을 인식했다는 깨달음, 생성의 강, 삶의 흐름과 일치했다는 깨달음, 더불은 괴로움, 더불은 기쁨에 충만한 채 흐름에 몸을 맡기고 단일(Einheit)에 속했다는 깨달음의 즐거움이었다.

바수데바는 강변의 자리에서 몸을 일으키며 싯달타의 눈 속에서 깨달음의 열락이 빛나는 것을 보고는 조심스럽고 다정하게 싯달타의 어깨를 살그머니 짚으며 말하였다.

「사랑하는 친구여, 나는 이 시간이 오기를 기다렸습니다. 이제 그 순간이 왔으니 나는 떠나겠습니다. 오랫동안 나는 이 시간을 기다렸지요. 오랫동안 나는 뱃사공 바수데바의 역을 해왔소. 잘 있게, 오두막집. 잘 있게, 강아. 안녕히 계시오, 싯달타!」

싯달타는 떠나가는 친구에게 깊이 머리 숙여 절하였다.

「나는 알고 있었습니다.」

그는 나지막하게 말하였다.

「당신은 숲으로 가시렵니까?」

「나는 숲으로 가겠습니다. 단일의 세계로 들어가는 것이지요.」

바수데바는 광휘에 싸여 말하였다.

광휘에 싸여 그는 떠나갔다. 싯달타는 그의 뒷모습을 바라보았다. 깊은 기쁨과 진지함을 갖고 그는 바수데바의 뒷모습을 바라보며 평화에 가득 찬 발걸음을, 후광을 쓴 그의 머리를, 빛나는 그의 자태를 바라보았다.

고오빈다

한 번은 고오빈다가 노정(路程) 중에 다른 승려들과 더불어, 기생 카마라가 고오타마의 제자들에게 시주한 별장에 머무르게 되었다. 그는 거기서 하룻길밖에 떨어지지 않은 강가에 살며 많은 사람들한테 현자라고 존경받는 어느 노(老) 뱃사공에 관한 소문을 들었다. 고오빈다는 길을 떠나면서 이 뱃사공을 보고 싶은 생각이 간절하여 나루터를 지나는 길을 선택하였다. 실상 고오빈다 자신도 일생을 통해 불법(佛法)을 좇아 살아왔고, 그가 살아온 연륜과 겸허한 마음 때문에 젊은 승려들로부터는 덕망 높은 고승으로 존경받아 왔지만, 아직도 그의 마음속에는 불안과 구도하는 마음이 꺼지지 않고 있었다.

그는 강가에 이르러 노사공에게 건네 주기를 청하였다. 그리고 건너편 언덕에 도착하여 배에서 내리며 노인에게 말하였다.

「당신은 우리 승려들과 순례자들에게 많은 은혜를 베풀어 주셨으며 우리 중에서 무수한 사람을 건네 주셨소. 사공이여, 당신 역시 옳은 길을 가고자 하는 구도자가 아니시오?」

싯달타는 늙은 두 눈에 웃음을 띠며 말하였다.

「당신 자신을 일러 구도자라고 부르십니까? 오오, 스님이시여, 고령에 이르시고 고오타마의 승복을 입고 계시면서도 겸손하게 그렇게 말씀하시는 겁니까?」

「물론 늙기야 하였지요.」

고오빈다는 말하였다.

「그래도 영원히 구도하기를 멈추지 않을 것입니다. 그것이 나의 사명처럼 생각됩니다. 그런데 당신께서도 도를 닦아 온 분 같습니다. 존경하는 이여, 나한테 한 말씀 들려주시지 않겠습니까?」

싯달타는 말하였다.

「스님이시여, 나 같은 것이 무슨 드릴 말씀이 있겠습니까? 아마도 스님께서는 너무 지나치게 구하시는 것은 아니신가요? 당신은 구하기에 전념한 나머지 찾지 못하시는 것이 아닐까요?」

「그게 무슨 말씀이신지요?」

고오빈다는 물었다.

「모름지기 누구나 구할 때에는 거기에만 눈을 팔다가 아무것도 발견하지 못하고 아무것도 자기 안에 받아들이지 못하게 되기 십상이지요. 그는 항상 구하는 대상만을 생각하고 하나의 목적을 가지고 목적에 사로잡혀 있기 때문입니다. 구한다 함은 어떤 목적을 갖는 것이지요. 발견한다 함은 자유로운 상태요, 목적을 갖지 않는 것입니다. 스님이시여, 당신은 과연 구도하는 사람같습니다. 왜냐하면 당신은 당신의 목적을 향해 애를 쓰며 당신 눈앞에 가까이 있는 많은 것을 놓치니까 말씀입니다.」

싯달타의 말을 듣고 난 고오빈다가 물었다.

「나는 아직 완전히 알아들을 수가 없습니다. 대체 당신은 무슨 말씀을 하는 것인가요?」

싯달타는 말하였다.

「스님이시여, 언젠가 벌써 여러 해 전에 당신은 이미 이 강가에 오신 적이 있었습니다. 그때 당신은 강변에 누워 자는 한 사람을 보시고 그 사람을 지켜 주기 위해 그 옆에 앉아 계셨던 적이 있었지요. 그런데도, 오오, 고오빈다, 자네는 그 잠자는 사람을 알아보지 못하였네.」

승려는 마술에 걸린 사람처럼 어안이 벙벙하여 뱃사공의 눈을 주시하였다.

「자네는 싯달타가 아닌가?」

그는 떨리는 음성으로 물었다.

「이번에도 나는 자네를 몰라볼 뻔하였네! 정말 반갑네, 싯달타. 자네를 다시 한 번 보게 된 것을 진심으로 기쁘게 생각하네! 자네는 많이 변했네. 친구여, 그러니까 자네가 이 강의 뱃사공이 된 것인가?」

싯달타는 다정하게 웃었다.

「뱃사공, 그렇지. 모름지기 사람들은 많이 변하는 법일세, 고오빈다. 그리고 여러 가지 의상을 입게 마련이지. 나도 그 중의 한 사람이네, 친구여. 반갑군, 고오빈다. 오늘밤은 나의 오두막에서 묵고 가게.」

고오빈다는 그날 밤 오무막에서 머무르며 일찍이 바수데바가 쓰던 침상에서 자게 되었다. 그는 젊은 날의 친구에게 수많은 질문을 하였고, 싯달타는 그에게 지나간 생에 대해 많은 이야기를 할 수밖에 없었다.

이튿날 아침, 다시 순례 길에 오르게 되었을 때 고오빈다는 서슴지 않고 이런 말을 하였다.

「길을 떠나기 전에 한 가지 더 묻고 싶은 것이 있네, 싯달타. 자네는 어떤 가르침을 가지고 있나? 자네가 좇고, 자네를 살게 하며 자네로 하여금 올바른 행위를 하도록 도와주는, 무슨 신앙이나 지식을 가지고 있는가?」

싯달타는 대답하였다.

「사랑하는 친구여, 자네도 알 것일세. 청년 시절 자네와 함께 숲 속에서 고행자들과 같이 살던 그때 나는 교리와 스승을 믿지 못하고 그들에게서 떠났다는 것을. 지금도 내 생각은 여전히 변함이 없네. 그러나 그 이후로도 나는 수많은 스승들을 가졌었지. 어느 아름다운 기생이 오랫동안 나의 스승이 된 적도 있었고, 한 부호 상인이 스승이 된 적도 있었으며, 몇 사람의 노름꾼이 스승이 된 적도 있다네. 언젠가 순례하던 붓다의 제자도 나의 스승이었네. 그는 순례하는 도중에 숲 속에서 잠든 내 옆에 앉아 있었지. 그에게서도 나는 배웠던 것일세. 그리고 항상 그에게 감사하고 있네. 그렇지만 나는 그 누구에게서보다도 이 강에게서 배웠네. 그리고 나의 선임자인 뱃사공, 바수데바에게서도 배웠네. 그는 너무나도 소박한 사람이었네. 바수데바는 결코 사색가는 아니었지. 하지만 고오타마처럼 필연적인 것을 알고 있었네. 그는 완성자요, 성자였네.」

고오빈다가 말하였다.

「오오, 싯달타, 자네는 여전히 농담을 잘하는 모양이군. 나는 자네를 믿고 있어. 그리고 자네가 어떤 스승도 따르지 않았다는 것을 알고 있지. 그렇지만 비록 교리는 아니라 할지라도 자네 자신의 것인 어떤 사상이라든지 인식을 찾아내어 그것이 자네가 살아 나가는 데 도움이 되는 것이 아닌가? 이 점에 대해서 나한테 말해 준다면 나는 진심으로 기쁠 것일세.」

싯달타는 말하였다.

「그렇다네. 나는 언제나 사상을 가져 왔고, 인식을 가져 왔지. 나는 곧잘, 한 시간 동안 또는 하루 동안 내 마음속에서 앎을 느껴 왔네. 마치 우리가 가슴속에서 생명을 느끼듯이 말이지. 그것은 실로 여러 가지 사상이었기 때문에 그것을 자네한테 전달하기는 어려울 걸세. 고오빈다, 내가 발견한 나의 사상 가운데 한 가지는 이런 것일세. 즉 지혜란 전달될 수 없는 것이어서 현자가 전달하고자 애쓰는 지혜의 소리는 항상 어리석게 울리는 법이네.」

「자네는 농담을 하고 있구먼.」

고오빈다가 말하였다.

「아닐세. 나는 발견한 것을 말하는 것뿐이네. 지식은 전달할 수 있어도 지혜는 그럴 수가 없네. 우리는 지혜를 발견할 수 있고, 지혜롭게 살 수 있고, 지혜의 힘을 입어 열매를 맺을 수도 있고, 지혜를 써서 기적을 행할 수도 있네. 그러나 지혜는 말하거나 가르칠 수 없는 것이네. 이것이야말로 내가 이미 청년이었을 때부터 여러 차례 예감했던 사실이요, 그 때문에 나는 어떤 스승도 따르지 못했다네. 나는 한 가지 사상을 발견하였네, 고오빈다. 자네는 또다시 농담이나 어리석은 말로 여길지 모르겠지만, 내가 지닌 최고의 사상이지. 즉, 모든 진리는 그것이 단면적일 때에만 표현될 수 있고 말로 나타낼 수 있는 것이네. 사색할 수 있고, 언어로 표현될 수 있고, 말로 나타낼 수 있는 것이네. 사색할 수 있고 언어로 표현될 수 있는 모든 것은 단면적인 것이요, 반쪽이요, 전체가 못 되고 원(圓)이 못 되고 단일의 것이 못 되네. 그러니까 지존 고오타마께서 세계에 대하여 가르치실 때에, 세계를 윤회와 열반, 의혹과 진실, 번뇌와 해탈로 나눌 수밖에 없었던 걸세. 다른 방법은 없네. 가르치고자 하려면 다른 방도가 없네. 그렇지만 세계 자체는, 우리를 에워싸고 있는 우리 마음속에 있는 존재자는 결코 일면적인 것이 아니지. 어느 인간이나 어느 행위가 완전히 윤회이거나 완전히 열반일 수는 없다네. 어느 인간이나 완벽하게 성스럽다거나 죄 속에 있는 것도 아닐세. 그것이 그렇게 보이는 이유는 우리가 시간이란 실재하는 것이라고 생각하는 미망에 빠져 있는 까닭이네. 시간이란 실재하는 것이 아닐세, 고오빈다. 나는 그것을 수없이 체험하였지. 이렇게 시간이 실재하는 것이 아니라면 세계와 영원, 번뇌와 행복, 악과 선 사이의 틈[間隔] 또한 미망일 것일세.」

「어째서 그런가?」

고오빈다는 불안한 목소리로 물었다.

「들어보게, 사랑하는 친구여, 잘 들어보게나! 나나 자네나 다 죄인이지만, 언젠가는 다시금 범(梵)이 될 것이며, 언젠가는 열반에 이를 것이고 붓다가 될 것이네. 그런데 보게, 이 '언젠가는' 이란 것이 미망이요, 한낱 비유에 불과하지 않은가? 죄인은 부처가 되는 도중에 있는 것이 아니네. 우리의 사고로는 사물을 그런 방식으로 생각할 수밖에 없겠지만 죄인은 발전해 가는 도상(途上)에 있는 것이 아니라네. 아니, 죄인 속에, 지금 이 시각에 이미 미래의 부처가 있는 것일세. 죄인의 미래는 이미 모두 죄인 안에 있는 것이지. 그러니 자네는 죄인 속에서, 자네 속에서, 모든 사람들 속에서 형성되어 가고 있는 가능성의 부처, 숨겨져 있는 부처를 존경해야 할 것이네.

친구 고오빈다여, 세계는 불완전한 것이 아니네. 그렇다고 완전한 것을 향해 서서히 가는 도중에 있는 것도 아니라네. 아니, 세계는 순간마다 완전한 것이며 모든 죄는 이미 그 안에 은총을 지니고 있네.

모든 어린애 속에는 이미 백발 노인이, 모든 젖먹이 속에는 이미 죽음이, 모든 죽어 가는 존재 속에는 이미 영생이 깃들어져 있는 것이지. 누군가를 보고 남이 자신의 길을 얼마나 걸어왔는지를 안다는 것은 불가능한 일이네. 도적이나 노름꾼 속에도 부처가 있고 브라만 속에도 도적이 도사리고 있는 법이네. 깊은 명상 속에는 시간을 지양하고, 모든 과거에 존재했던 생, 현존하는 생, 앞으로 존재할 생을 동시에 볼 수 있는 가능성이 있네.

그렇게 되면 모든 것은 선이며, 모든 것은 완전하고, 모든 것은 범(梵)인 것이라네. 그렇기 때문에 내게는 모름지기 존재하는 것은 선으로 보이며, 죽음은 삶으로, 죄악은 성스러운 것으로, 지혜로움은 어리석음으로 보이네. 모든 것은 그래야만 하며 모든 것은 다만 나의 동의(同意), 나의 욕구, 나의 다정한 이해를 요구할 뿐이지. 그러니 내게는 무엇이든지 좋은 것이어서 그것은 나를 고무시켜 주되 나를 이해하는 것이란 아무것도 없네. 나는 육체와 영혼으로 이런 체험을 하였다네. 내게는 죄악도 필요했었고 쾌락과 물질적인 탐욕, 허영도 필요하였고, 가장 타기할 자포자기까지도 필요하였네. 반항하기를 포기하는 것을 배우기 위하여, 세계를 사랑하는 것을 배우기 위하여, 현실의 세계를 내가 희망하고 내가 상상해 낸 어떤 세계, 나에 의해 고안된 완전한 유의 세계와 비교함 없이 있는 그대로 인정하고 사랑하며 기꺼이 그 세계에 속하기 위하여 말일세. 오오, 고오빈다. 이것이 내가 체득한 사상의 몇 가지일세.」

싯달타는 몸을 굽혀 땅바닥에서 돌을 하나 집어 들었다.
「여기 이것은 하나의 돌이네.」
그는 돌을 가지고 놀면서 말하였다.
「이것은 일정한 시간이 지나면 필시 흙이 될 것이네. 그리고 그 흙에서 나무가 자랄 걸세. 혹은 동물이, 혹은 사람이 될 것일세. 이전 같으면 나는 이렇게 말하였을 것이네. '이 돌은 다만 돌일 뿐이다. 돌은 아무런 가치도 없고 미망의 세계에 속한 것이다. 하지만 이 돌도 변화의 윤회에 따라 인간이 되고 정신이 될 수도 있는 까닭에 나는 이 돌의 가치를 인정한다.' 라고. 그렇지만 오늘 나는 이렇게 생각하네. 이 돌은 돌이요, 이 돌은 동물이기도 하고 신이기도 하며 부처이기도 하다고. 내가 이 돌을 존경하고 사랑하는 것은 언젠가 이 돌이 이런 또는 저런 물건이 될 가능성을 가졌기 때문이 아니라 돌은 예전과 마찬가지로 그 모든 것이기 때문이오, 라고. 그리고 돌은 돌이며 이 날 이 시간 돌로서 내 눈에 비친다는 것, 바로 그 점 때문에 나는 돌을 사랑하네. 그리고 이 돌의 줄무늬와 홈 하나하나에서, 누런 빛에서, 잿빛에서, 딱딱함에서, 내가 두들기면 나는 울림에서, 표면의 습기나 건조함에서 그대로의 가치와 의미를 찾는다네.

물 중에는 기름 같은, 또는 비누 같은 촉감을 느끼게 하는 것이 있고, 어떤 것은 나뭇잎 같은 촉감을, 어떤 것은 모래알 같은 촉감을 지니고 있지. 이렇듯 제각기 특징을 지니고 각기 옴을 기도드리고 있지. 모두가 범(梵)이라네. 하지만 동시에 물이며 기름 같거나 비누 같은 것이지. 실로 이것이야말로 내 마음에 드는 점이고, 내게는 이상하게 여겨지며, 숭배할 가치가 있는 것처럼 보이네. 하지만 이것에 관한 이야기는 그만두세. 무릇 말이라는 것은 내밀의 의미에 이롭지 못하네. 말로 표현하면 무엇이든 항상 조금씩은 다른 것이 되어 버리지. 조금은 변조되고 조금은 어리석어지게 마련이지. 그렇군. 그 점 역시 대단히 좋은 것이라네. 어떤 인간에게는 보물이며 지혜로운 것이 다른 사람한테는 어리석은 말처럼 들린다는 것, 그 점을 나는 좋게 생각하며 잘 이해하고 있네.」

고오빈다는 말없이 귀를 기울였다.

「왜 자네는 하필 물에 대하여 말해 주었나?」

잠시 후 그는 주저하면서 물었다.

「특별한 의도는 없었네. 혹시 어쩌면, 나는 이 돌이든 강이든, 즉 우리가 관찰하고 그것에서 가르침을 받을 수 있는 이 모든 사물을 사랑한다는 것을 의미했겠지. 하나의 돌을 나는 사랑할 수 있네, 고오빈다. 또한 한 그루의 나무나 한 조각의 나무껍질을 사랑할 수도 있네. 하지만 나는 언어라는 것은 사랑할 수 없네. 그 때문에 가르침이란 어떤 것이든 소용없다고 생각하네. 가르침은 딱딱함도, 부드러움도, 빛깔도, 모서리도, 향기도, 맛도 가지고 있지 않지.

그것은 단순한 말에 불과하지. 평화를 찾는 데 자네를 방해하는 것은 바로 이 말이라는 것일세. 아마도 너무나 많은 말일 것일세. 해탈과 덕성, 윤회와 열반이라고 하는 것이 모두 말에 불과하다네, 고오빈다. 열반이라는 것은 존재하지 않는 것이지. 다만 열반이라는 말이 있을 뿐이네.」

고오빈다가 말하였다.

「열반이 단지 한마디 말만은 아니라네, 친구여. 그것은 하나의 사상이라네.」

싯달타는 말을 이었다.

「하나의 사상, 그럴는지도 모르지. 친구여, 솔직히 말해서 나는 사상과 말 사이에 있는 큰 차이를 모르겠네. 솔직히 말하면 나는 사상이라는 것에도 큰 비중을 두지 않고 물건을 더 소중히 여긴다네.

이를테면 여기 이 나루터에는 나의 선배요, 스승인 한 남자가 있었네. 그는 오랜 세월 동안 겸허하게 강만을 믿어 온, 그 밖엔 아무것도 믿지 않은 성자였다네. 그는 강이 그에게 말하는 소리를 알아들었으며 그 음성에서 가르침을 받았지. 물소리는 그를 길러내고 그를 가르쳤다네. 강은 그에게 신이었던 것일세. 오랜 세월이 흐르도록 그는 모든 바람, 구름, 새, 벌레까지도 그 성스러운 강물처럼 신성(神性)을 지니고 있으며, 존경하는 강과 똑같이 많이 알며 가르칠 수 있다는 것을 미처 깨닫지 못하였다네. 하지만 이 성자가 숲 속으로 떠날 때, 그는 모든 것을 알게 되었지. 스승도 없이 책도 없이 자네나 나보다 훨씬 더 많은 것을 깨달았네. 그 이유는 그가 강을 믿었기 때문이지.」

고오빈다는 말하였다.

「자네가 '물건'이라고 칭하는 것은 대체로 현실적인 것, 실재적인 것을 말하는 건가? 그것은 미망의 착각이 아닐까? 아니면 단순한 환영(幻影)에 불과한 것이 아닐까? 자네의 돌, 나무, 강, 그것들은 정말로 실재하는 것일까?」

싯달타는 말하였다.

「그것 또한 내게는 큰 관심사가 아니라네. 물건이 만약 환영이라면, 그때는 나 또한 환영일 것이 아닌가. 그리고 그것들은 언제나 나와 동류(同類)일 것이 아닌가. 이 점이야말로 그것들이 내게 그토록 사랑스럽고 존경할 만하게 보이는 까닭이라네. 즉 그것들은 나와 동일하다는 것이지. 그렇기 때문에 나는 그것들을 사랑할 수 있네. 그리고 이것은 자네가 웃을 일종의 교리이지만, 오오, 고오빈다. 내가 보기에는 사랑이야말로 무엇보다도 중심되는 성이라고 생각하네. 세계를 통찰하고 해명하며 경멸하는 것은 위대한 사상가들의 일일 것일세. 내게 있어서 유일한 관심사는 세계를 사랑할 수 있는 것, 세계를 경멸하지 않는 것, 세계와 나를 미워하지 않고, 세계와 나 그리고 모든 존재를 사랑과 경탄과 경외의 마음으로 바라볼 수 있는 것이라네.」

「그것은 나도 이해하네.」

고오빈다는 말하였다.

「그렇지만 지존께서는 바로 그 점을 속임수로 인식하지 않으셨네. 지존께서는 호의와 관용, 동정, 인내를 권유하셨지만 사랑은 권유하지 않으셨다네. 그는 우리의 마음이 속세에 대한 사랑에 얽매이는 것을 금지하셨네.」

「나도 그 점은 알고 있네.」

싯달타는 말하였다. 그의 미소는 금빛으로 빛났다.

「나도 그 점을 알고 있네, 고오빈다. 그러나, 보게. 우리도 지금 의견들의 총림 속에, 말을 위한 논쟁 속에 빠져 들어가 있는 걸세. 실상, 사랑에 관한 나의 말은 고오타마의 말씀에 반대됨을, 표면상으로는 반대됨을 나도 부인할 수 없기 때문일세. 바로 이 점 때문에 나는 말이라는 것을 도저히 신용하지 않네. 왜냐하면 나의 말이 고오타마의 말씀에 반대된다 함이 착각이라는 것을 나는 알고 있기 때문일세. 나와 고오타마는 일치한다는 것을 알고 있네. 도대체 어찌 그가 사랑을 모르실 리가 있겠나? 모든 인간의 존재를 무상하다고, 무(無)라고 간파하셨고, 그럼에도 불구하고 자신의 길고 수고스런 생애를 오로지 중생을 구원하고 가르치는 데 바칠 만큼 그토록 인간을 사랑하신 그가 말일세! 고오타마에 있어서도, 자네의 위대한 스승에 있어서도, 말보다는 사실이 중요하다고 나는 생각하네. 그의 행위와 삶이 그의 말씀보다 가치 있으며, 그의 손의 움직임이 그의 의견보다 가치 있다고 보는 것이 아니라 오로지 행위 속에서, 삶 속에서 그의 위대함을 보고 있네.」

두 노인은 오랫동안 침묵을 지키고 있었다. 얼마 후 고오빈다는 작별하기 위해 허리를 굽혀 인사하며 말하였다.

「자네 사상의 일단을 내게 말해 주어 고맙네, 싯달타. 한편으로는 기이한 사상이어서 나로서는 당장 전부를 이해할 수는 없네. 그 뜻이 옳기를 바라네. 고맙네, 그리고 평온한 날을 보내기를 축원하네.」

그러면서도 고오빈다는 마음속으로 이렇게 생각하였다. 이 싯달타는 이상한 인간이다. 그는 이상한 사상을 말하고 있다. 그의 가르침은 어리석게 들린다. 지존의 빈틈없는 가르침은 이와 다르다. 한결 명료하고 순수하고 이해하기 쉬우며 이상하거나 어리석거나 우스꽝스러운 요소가 내포되어 있지 않다. 그렇지만 싯달타의 손과 발, 눈, 이마, 그의 호흡과 미소, 그의 인사와 걸음걸이는 그의 사상과는 다르게 보인다. 우리의 지존 고오타마가 열반에 이르신 후 나는 이 분이야말로 성자이시다, 라고 느낀 사람을 한 번도 만나 본 적이 없었다. 그런데 지금 오로지 이 한 사람, 싯달타에게서 그것을 발견하였다. 그의 가르침은 이상할지라도, 그의 말이 어리석게 들릴지라도, 그의 눈빛과 손, 그의 피부와 머리털, 그의 전체가 순수함의 빛을 발하고 있다. 평안과 즐거움과 자비로움, 성스러움의 빛을 발하고 있는 것이다. 이것이야말로 우리의 지존께서 입멸하신 후 다른 어느 누구에게서도 발견할 수 없었던 것이 아닌가.

고오빈다는 이렇게 생각하며 마음속에 갈등을 느끼면서도, 사랑에 이끌려 싯달타에게 다시 한 번 고개를 숙였다. 그리고 조용히 앉아 있는 싯달타 앞에 깊이 머리 숙여 절하였다.

「싯달타.」

고오빈다는 말하였다.

「우리는 노인이 되었네. 이승에서 다시 만나기는 어려울 것일세. 사랑하는 친구여, 자네는 평화를 찾은 것처럼 보이네. 나는 평화를 찾지 못하였음을 고백하네. 존경하는 친구여, 내가 알아듣고 이해할 수 있는 무슨 말을 한마디만 해 주게나! 나의 길에 유익한 무엇을 말해 주게나. 나의 길은 험난하고 어둡네 그려, 싯달타.」

싯달타는 변함 없이 고요한 미소를 띠고 친구를 바라보았다. 고오빈다는 불안과 동경의 눈빛으로 친구의 얼굴을 응시하였다. 그의 눈빛에는 고뇌와 영원한 갈구가, 그리고 영원히 찾지 못하는 안타까움이 서려 있었다.

싯달타는 그것을 보고 미소를 지었다.

「내게 몸을 굽히게.」

그는 나직이 고오빈다의 귀에다 속삭였다.

「내게로 몸을 굽히게. 자, 좀더 가까이! 바싹 가까이! 이마에 키스를 하게, 고오빈다!」

고오빈다는 의아스럽게 생각하면서도 커다란 사랑과 예감에 이끌려 친구의 말에 따라 그에게 가까이 몸을 굽혀 이마에 입술을 대었다. 그때 그에게 놀라운 일이 일어났다. 그의 생각은 여전히 싯달타의 야릇한 말에 머무르고 있는데, 그는 여전히 시간을 없는 것으로 생각하려고, 열반과 윤회를 하나로 생각하려고 마지못해 노력을 하고 있는데, 뿐만 아니라 친구의 말에 약간 경멸의 마음과 친구에 대한 엄청난 사랑과 존경의 마음이 내부에서 싸우고 있는데, 이런 일이 일어난 것이다.

　그의 눈에는 이미 친구 싯달타의 얼굴은 보이지 않았다. 그 대신 다른 얼굴들이 보였다. 수많은 얼굴의 긴 행렬, 강물처럼 흐르는 수백 수천의 얼굴들이 한결같이 나타났는가 하면 사라졌고, 그러면서도 역시 모두가 동시에 그곳에 있는 것처럼 보였다. 그 얼굴들은 모두가 끊임없이 변하여 새로운 얼굴이 되었고, 그 얼굴들은 역시 모두 싯달타의 얼굴이었다. 그는 물고기의 얼굴을 보았다. 무한히 고통스럽게 아가리를 벌리고 있는 한 마리의 잉어, 찢어진 눈을 하고 있는 죽어가는 물고기의 얼굴을 보았다. 그는 주름투성이로 잔뜩 찌푸리고 우는 새빨간 갓난아이의 얼굴을 보았다. 그는 한 살인자의 얼굴을, 그 살인자가 단도로 사람을 찌르는 모습을 보았다. 그는 그와 동시에 이 살인자가 결박당하여 꿇어앉은 채 형리의 내리치는 칼에 목이 달아나는 것을 보았다. 그는 광적인 사랑의 교전(交戰) 자세를 하고 있는 벌거숭이 남녀의 몸뚱어리를 보았다. 그는 말없이 싸늘하게, 허무한 모습으로 사지를 뻗고 있는 시체를 보았다. 그는 동물들의 머리를 보았다. 산돼지의 머리, 악어의 머리, 코끼리의 머리, 황소의 머리, 새들의 머리들. 그는 신들을 보았다.

　크리슈나 신*과 아그니 신**을 보았다. 그는 이 모든 형상과 얼굴들이 서로 천태만상으로 뒤얽혀 서로 다른 것을 도와주고 사랑하며,

---

* 크리슈나(Krishna) 신 ; 비슈누 시의 여덟 번째 화신(化神). 영웅을 상징한다.
** 아그니(Agni) 신 ; 인도의 신으로 인간과 신 사이의 중간자. 인간을 감시하고 보호하는 역할을 한다.

미워하고 파괴하며, 새로이 낳는 것을 보았다. 그 하나하나는 죽음을 원하는 존재요, 무상함을 심히 고통스럽게 고백하고 있었다. 그런데도 죽는 것은 아무것도 없었다. 다만 변화할 뿐이며 끊임없이 새로이 태어나며 새로운 얼굴을 갖게 되었다. 하지만 한 얼굴과 다른 얼굴 사이에는 시간이라는 것이 버티고 있는 것 같지 않았다. 그리고 이 모든 형상과 얼굴들은 쉬며 흐르며 생성되며 헤엄치며 뒤엉켜 흘러가는 것이었다. 그리고 이 모든 것 위로 끊임없이 엷은 무엇이, 무형(無形)의 무엇이, 그러면서도 실재하는 무엇이 뒤덮여 있었다. 엷은 유리나 얼음처럼, 투명한 막처럼, 껍질처럼, 또는 액체로 된 틀이나 가면처럼. 그 가면은 미소 짓고 있었다. 그리고 이 가면이 곧 싯달타의 미소 지은 얼굴이었다. 바로 그 순간 고오빈다가 입술을 대고 있는 싯달타의 얼굴이었다.

그리고 또한 고오빈다는 보았다. 이 흐르는 형체 위의 가면의 미소를, 단일의 미소를, 수천의 태어남과 죽음을 동시적인 것으로 보는 미소를. 이 싯달타의 미소야말로 바로 저 고오타마, 붓다의 미소였다. 고오빈다 자신이 한없이 외경(畏敬)의 마음으로 우러러보던 고요하며 기품 있고 꿰뚫을 수 없는 미소, 자비한 것도 같고 비웃는 것도 같던 현명한 붓다의 수천 가지 미소, 바로 그것이었다. 완성자들은 그렇게 미소 짓는다는 것을 고오빈다는 깨달았다.

시간이라는 것이 존재하는지, 이 관조가 찰나의 일이었는지 1백 년 간 지속되었는지 의식하지 못하며, 그것이 싯달타인지 고오타마

인지, 나와 너가 존재하는지 어떤지 의식하지 못하면서, 신의 화살에 심장부를 맞아 상처를 입었으되 그 상처를 달콤하게 느끼듯이, 마음 속 깊이 황홀과 구제를 느끼면서 고오빈다는 한동안 그대로 선 채 싯달타의 고요한 얼굴 위로 몸을 숙였다. 지금 막 자기가 입맞춤했던 얼굴, 모든 형상과 모든 생성, 모든 존재의 무대였던 얼굴 위로. 천태만상의 깊이가 얼굴 표면 밑에서 다시금 닫혀지고 난 뒤에도, 싯달타의 얼굴은 변함이 없었다. 그는 소리 없이 미소 짓고 있었다. 고요하고 온화하게 미소 짓고 있었다. 자비하기 이를 데 없는 것도 같고, 조롱에 가득 찬 것도 같은 지존의 미소와 똑같이 싯달타는 웃고 있었다.

고오빈다는 몸을 숙여 절하였다. 알 수 없는 눈물이 그의 노안(老顔) 위로 흘러내렸다. 그의 심장에서는 진심에서 우러나오는 사랑의 느낌과 겸허한 존경심이 불길처럼 타올랐다. 그는 깊이 몸을 굽혀 움직일 줄 모르고 앉아 있는 싯달타 앞에 머리가 땅에 닿도록 절을 하였다. 싯달타의 미소는 고오빈다로 하여금, 일찍이 그의 생애 동안 그가 사랑해 온 모든 것을, 일찍이 그의 생애에서 가치 있고 성스러웠던 모든 것을 상기시켜 주었다.

작가와 작품 해설

헤르만 헤세의 생애와 작품 세계

두 차례의 세계대전과 세 번의 결혼, 전도유망한 신학생에서 공장 근로자와 서점 점원 등을 전전했던 혹독한 사춘기, 안정된 일상에서 오는 불안감이 채찍질한 동방으로의 순례. 헤르만 헤세의 삶은 아름다운 고향 칼브에서의 행복했던 유년시절과 아름답지 못한 현실의 고단함 사이를 오가는 진자와 같다. 동서고금을 막론하고 자신의 체험을 위해 그보다 더 문학을 필요로 했던 작가는 없었을 것이다. 헤세는 작품을 통해 인생의 의미를 이야기하고 있지만, 우리는 그의 작품을 읽음으로써 자기를 찾아가는 고독한 여정 속의 헤세 자신을 발견할 수 있게 된다.

헤세는 1877년 7월 2일, 남부 독일의 작은 산간 도시 칼브에서 개

신교 목사였던 요하네스 헤세의 장남으로 태어났다. 그가 자란 슈바벤 지방은 네커강과 그 지류들이 아름답고 서정적인 풍광을 연출하는 시인들의 고장이었다. 실러, 횔더린, 울란트, 하우프 등이 그곳에서 성장했던 것이다.

헤세는 4세 무렵부터 시를 짓고, 중세 프랑스의 시인 브롱데르의 흉내를 내었다고 한다. 이후 헤세의 꿈은 시인이 되는 것이었으며, 그러한 내면으로부터의 외침은 그의 앞날에 많은 파란을 예고하는 것이기도 했다. 여느 산간 지역이 그렇듯이 칼브의 자연 환경은 그곳의 어린이들에게 산 너머 미지의 세계에 대한 동경과 자연에 대한 예리한 관찰을 선사해 주었다. 소년 헤세는 계절의 운행과 동식물의 습성, 그리고 낭만적인 방랑을 통해 자연이 주는 그 모든 풍성함을 한껏 만끽할 수 있었다. 유년시절의 아름다웠던 추억은 헤세의 내면에 켜켜이 쌓이게 되었으며, 그러한 정신적 고향에 대한 헤세의 애정도 남달랐다.

그는 슈바벤 주의 국가시험에 합격하여 14세가 되었을 때는 당시로서는 선택된 자만이 들어갈 수 있었던 말브론의 신학교에 입학했다. 그로써 헤세에게는 화려한 미래가 보장된 셈이며, 그 자신의 뒤를 이어 목사로 만들고 싶었던 아버지 요하네스 헤세의 꿈도 이루어지는 듯했다. 하지만 그것도 잠시, 시인이 되고 싶었던 헤세는 끊임없이 괴로워해야 했다. 결국 헤세는 신학교의 담장을 뛰쳐나갔고 그의 방황은 자살미수에 이를 정도로 극단적으로 치닫게 된다.

이듬해 칸슈타트 고등학교에 입학했지만 그곳도 1년 만에 그만두고 만다. 헤세의 정규교육은 그것이 전부가 되고 말았다. 모든 정규교육을 거부했던 헤세에게 이제 하이네, 아이헨도르프 같은 시인과 고골리, 투르게네프 같은 러시아 작가들이 스승 역할을 떠맡게 된다. 하지만 헤세의 짧은 학교생활은 이후 그의 작품들에서 중요한 소재로 등장한다. 특히 말브론 신학교 시절의 체험은 그의 대표작 『수레바퀴 아래서』와 『지와 사랑』을 통해 구체화되었다. 헤세의 참다운 문학적 편력이 시작된 것이다.

　서점 점원, 출판조합의 조수, 시계공장의 견습공 등을 전전하던 헤세는 의외의 곳에서 안정을 찾게 된다. 그때 그의 나이 18세였다. 1895년 헤세는 튀빙겐의 헤켄하우어 서점의 점원이 되었다. 낮에는 서점 점원으로 성실하게 근무하고 밤이면 괴테에 심취하여 문학에 눈을 뜨게 된 것이다. 그로부터 4년 후, 헤세는 처녀시집 『낭만적인 노래』와 산문집 『자정 후의 한 시간』을 발간하였다. 작가로서 헤세의 삶은 이렇게 출발하게 되었다. 같은 해 헤세는 바젤의 라이히 서점의 조수가 되었고, 그곳에서의 본격적인 문학 수업을 통해 2년 뒤인 1901년에 3편의 산문과 9편의 시를 묶은 『헤르만 라우서』를 출간하였다. 이때까지의 작품에는 유년시절에 대한 아름다운 자전적인 회상과 다소 비현실적인 유미주의가 주를 이루고 있다. 아직 소년적 이미지와 세기말적 우울을 벗어나지 못하고 있는 것이다.

　헤세가 문단에서 본격적인 주목을 받게 된 작품은 27세 때 간행된

『페터 카멘친트』였다. 이 작품을 통해 헤세는 자유문필가로서의 안정된 생활과 마리아 베르눌리와의 결혼에 성공할 수 있었다.

2년 뒤 『수레바퀴 아래서』를 필두로 하여 헤세의 집필활동은 더욱 왕성해졌다. 이 시절의 주요 작품으로는 『수레바퀴 아래서』 외에 『속세의 이야기들』과 『게르트루트』를 들 수 있다. 이러한 작품 속에서 헤세는 자신의 소년 시절을 회상하고 그를 통해 순박한 소년에서 성인으로, 하나의 인격이 어떻게 성장하게 되는지를 면밀하게 관찰하고 있다.

하지만 그러한 성장 과정의 기술이 밝혀주지 못하는 인생의 문제는 무척 많다. 그러한 내면적 갈등은 『게르트루트』에 잘 묘사되어 있으며, 헤세는 안정된 삶이 가져다 줄 수 없는 새로운 돌파구를 찾아 길을 떠나야만 했다. 그의 선택은 동방이었다. 헤세의 조부모와 부모 모두 인도에서 포교생활을 했을 뿐 아니라, 그의 사촌 빌헬름 군델트는 일본에 가서 선(禪)을 연구하기도 했다. 따라서 헤세에게 있어서 동방은 할아버지 때부터 인연이 있었던 곳임과 동시에 언제나 산 너머 미지의 세계로 존재해 왔던 곳이기도 했다.

말레이시아, 수마트라, 그리고 스리랑카의 여행이 헤세의 가슴에 묵힌 체증을 풀어줄 수는 없었지만 그에게 중요한 통찰을 제공해 준 여행이 되었다. 즉 그러한 식민지들의 여행에서 헤세는 코스모폴리탄적 시각을 가질 수 있게 된다. 여행에서 돌아온 헤세가 『인도기행』, 『로스할데』 그리고 『크눌프, 그 삶의 세 이야기』를 집필했을 때,

세계는 인류역사상 초유의 사건에 접어들고 있었다. 1차 세계대전이 바로 그것이다. 동방여행에서 얻은 코스모폴리탄적 시각은 비록 소극적이긴 하나 헤세로 하여금 반전(反戰)론을 펼치게 하였다. 애국심이라는 미명하에 자행되는 비이성적인 폭력은, 헤세로 하여금 이성을 잃은 감정이 인간의 정신에 미치는 가공할 만한 힘과 그것이 인간을 얼마나 황폐하게 만드는지 잘 깨닫게 해주었다.

종전 후 발간된 『데미안』에 등장하는 에밀 싱클레어처럼 인간의 내면에는 갈등하는 두 세계가 존재한다. 지나치게 물질적 행복을 추구하는 개개인에게 정신적 공허는 어쩌면 필연인지도 모른다. 그러한 공허는 때때로 길을 잃은 절망과 분노로 이끌게 되고, 전쟁은 그러한 비극의 끝에서 맞게 되는 피할 수 없는 운명이 되는 것이다. 따라서 자신의 내면에 귀기울이는 것은 헤세가 참담한 상황에 처해 고통받고 있는 인류에게 주는 궁극적인 메시지였다. 그러한 헤세의 사고는 『싯달타』에 이르러 결실을 보고 있다. 삶에 대한 번뇌와 구도, 그것을 통한 성도(成道)의 여정을 통해 헤세는 내면으로의 도정(道程)과 개개인 스스로의 각성을 촉구하는 것이다. 그것이 인간의 필연적 운명이라 할 생의 모순과 그 내면적 이중성의 고통에 대한 헤세의 처방이었다.

『싯달타』이후 헤세는 아내와 이혼하고, 이어 루트 벵어, 니논 돌핀과 잇따라 이혼과 재혼을 거듭하였다. 이 시기의 작품 중 『요양객』, 『황야의 늑대』, 『뉘른베르크 여행』, 『지와 사랑』 등이 주목받았다.

그리고 1946년 전쟁과 천박한 물질 숭배만이 팽배했던 당대를 거부하고 새로운 이상향과 인간에 대한 신뢰를 회복한, 거작 『유리알 유희』가 간행되었다. 종전 후 헤세는 노벨문학상을 수상하는 등 행복한 말년을 보낼 수 있었다.

작품 줄거리 및 해설

제1차 세계대전이 끝난 후, 헤르만 헤세는 유럽 문명의 위기를 지나친 물질주의와 그로 인한 정신적 공황으로 진단했다. 이러한 시대 인식은 그의 문학적 여정에 있어서 일종의 재출발을 가능하도록 하였다. 즉 본래적인 자기의 위치를 규명하고, 자기 추구에 몰입해 들어가고 있는 작가의 정신이 점차 내면적인 의식의 발전으로 작품 속에 구현되어 갔던 것이다. 이러한 새 출발을 알리는 이정표 역할을 『데미안』이 하고 있지만, 그 정점을 이룬 작품은 바로 1922년에 간행된 『싯달타』이다. 『싯달타』는 1911년 헤세가 34세였을 때 말레이시아, 수마트라 그리고 스리랑카를 여행하면서 얻었던 체험과 자기 구도적 열정이 어우러져 세상에 빛을 보게 된 작품이다.

브라만의 제식주의와 구원에 대한 갈증을 해소시켜 주지 못하는 스승들의 가르침에 한계를 느낀 싯달타는 친구 고오빈다와 함께 구도의 길을 나선다. 역사상의 붓다가 그랬듯이 싯달타와 고오빈다는 숲속의 고행자들로부터 명상의 모든 것을 배웠지만, 그것이 그들에게 생의 문제에 대한 해답을 가져다 주지는 못했다. 그래서 그들은 완전한 성도자(成道者)라 불리는 고오타마를 찾아가게 된다. 성도자 고오타마의 가르침으로 인해 고오빈다와 싯달타의 구도행은 갈라지게 된다. 고오타마의 가르침을 따르기로 결심한 고오빈다는 그의 곁에 남기로 하고, 붓다의 가르침에 충분히 마음을 적실 수 없었던 싯달타는 구도를 위해 자신이 버렸던 세속으로 발걸음을 옮기게 된다. 싯달타는 성도의 길은 가르침에 있는 것이 아니라 스스로의 각성에 의해서만 다가갈 수 있다는 것을 깨달았기 때문이다.

다양한 인간 군상이 세속으로 돌아온 싯달타를 기다리고 있었다. 먼저 싯달타는 카마라라는 여자에게서 인간의 애욕을 배운다. 상인 카마스바미에게서는 부와 권세 그리고 상도(商道)를 배우게 된다. 이 모두는 인간의 눈을 멀게 할 정도로 욕망을 자극하는 것이지만, 그로 인해 인간은 윤회의 구렁텅이에 빠져 고통받고 살 수밖에 없다는 것을 싯달타는 깨닫는다. 이제 싯달타는 자포자기의 심정으로 세속에서 도망치고, 속세와 구도의 경계에서 방황하다 결국 싯달타가 도달하게 된 막다른 골목은 자살이었다.

자살하기 직전 싯달타는 구도에 대한 열정으로 가득 찼던 젊은 시절을 회상한다. 그리고 그때 들려오던 강의 신비로운 음성은 그로 하여금 다시 한번 의욕을 되찾게 해주었다. 그곳에서 만난 뱃사공 바수데바는 싯달타의 처절하고 고독한 여정에 훌륭한 동반자가 되어 준다. 바수데바를 도반으로, 강을 스승으로 하여 싯달타의 깨달음은 점점 익어 간다. 카마라와의 사이에서 얻은 아들이 자신을 떠날 때에도, 구도의 과정에서 갖기 쉬운 세속에 대한 멸시와 구도에의 자만도 그의 마음을 동요시키긴 못했다.

여전히 고오타마의 가르침을 추종하며 구도의 여정을 계속하던 고오빈다는 어느 날 강가에서 성도를 이룬 싯달타를 발견하게 된다.

'싯달타'는 붓다가 출가하기 전에 가졌던 이름이다. 헤세는 붓다의 삶을 성도 이후의 붓다와 성도 이전의 구도자로서의 싯달타로 구분하여, 그의 가르침보다는 그가 삶에 번민하고 깨달음에 이르게 된 과정을 주목하고 있다. 삶에서의 번민과 구도적 자기 추구를 통해 그러한 고통으로부터 벗어나는 체험을 헤세는 우리 모두가 공감할 것이라고 생각하고 있는 것이다.

작가 연보

1877년	7월 2일, 독일 남부 슈바벤 지방 뷔르템베르크 소재 산간 도시 칼브에서 아버지 요하네스 헤세와 어머니 마리 군데르트 사이의 장남으로 태어남.
1881년(4세)	스위스 바젤로 이사.
1883년(6세)	아버지 요하네스 헤세, 스위스 국적을 취득함.
1886년(9세)	칼브로 돌아감.
1890년(13세)	괴팅겐의 라틴어 학교에 입학. 슈바벤 주의 국가시험 합격.
1891년(14세)	말브론 신학교에 입학.
1892년(15세)	3월에 신학교를 도망쳐 나옴. 퇴학한 후 신경 쇠약으로 자살 기도.
1893년(16세)	칸슈타트 고등학교에 입학. 10월에 학업을 중단함. 에스링겐 서점에서 3일 간 근무.
1894년(17세)	6월에 칼브의 페로트 시계공장 견습공이 됨.
1895년(18세)	10월에 튀빙겐의 헤켄하우어 서점의 점원이 됨.
1899년(22세)	『낭만적인 노래』, 『자정 후의 한 시간』 간행. 가을에 바젤의 라이히 서점으로 옮김.
1901년(24세)	이탈리아 여행. 『헤르만 라우셔』 간행.
1904년(27세)	『페터 카멘친트』 간행. 8월에 마리아 베르눌리와 결혼.

1906년(29세)	『수레바퀴 아래서』 간행.
1907년(30세)	『속세의 이야기들』 간행.
1908년(31세)	『이웃 사람들』 간행.
1910년(33세)	『게르트루트』 간행.
1911년(34세)	시집 『도상에서』 간행. 말레이시아, 수마트라, 스리랑카 여행.
1912년(35세)	『우회로』 간행.
1914년(37세)	『로스할데』 간행. 1차 세계대전 발발.
1915년(38세)	『크눌프, 그 삶의 세 이야기』 간행. 로망 롤랑과 교류.
1916년(39세)	『청춘은 아름다워라』 간행. 프로이트, 융의 저서 탐독.
1919년(42세)	싱클레어라는 필명으로 『데미안』 간행.
1922년(45세)	『싯달타』 간행.
1923년(46세)	아내와 이혼. 스위스 국적 취득.
1924년(47세)	루트 벵어와 재혼.
1925년(48세)	『요양객』 간행.
1927년(50세)	『황야의 늑대』, 『뉘른베르크의 여행』 간행. 루트 벵어와 이혼.
1930년(53세)	『지와 사랑』 간행.
1931년(54세)	니논 돌핀과 세 번째 결혼.
1936년(59세)	스위스에서 고트프리트 켈러 문학상을 받음.
1939년(62세)	나치 당국에 의해 출판용지 배급이 정지되고 독일에서 헤세

	작품이 출판되는 것이 금지됨.
1942년(65세)	시를 전부 모아 스위스에서 시 전집을 냄.
1943년(66세)	『유리알 유희』 간행.
1946년(69세)	전쟁 및 정치에 관한 평론집 『전쟁과 평화』 간행. 괴테상, 노벨문학상(『유리알 유희』) 수상.
1950년(73세)	브라운슈바이크 시가 수여하는 빌헬름 라베상 수상.
1954년(78세)	서독출판협회로부터 평화상 수상.
1956년(79세)	칼스루에 시(市) 헤르만 헤세상 제정.
1962년(85세)	8월 9일, 몬타뇰라에서 뇌출혈로 사망. 이틀 후 루가노 호반의 아본디오 교회 묘지에 안장됨.